遠征王と秘密の花園

高殿　円

JN265721

13557

角川ビーンズ文庫

遠征王と秘密の花園

Characters

遠征王と秘密の花園

アイオリア＝メリッサ＝アジェンセン

遠征王ことアイオリアⅠ世。
男装の女王。タラシ。

ゲルトルード＝イベラ＝グランヴィーア

アイオリアのいとこ。
大公家当主。内政を司る。

ナリス＝イングラム

"銀騎士"とよばれる
アイオリアの側近。

Madoka Takadono
illust. Ellie Mamahara

ニコール＝ブリザンテ
シングレオ騎士団長。
コック部隊は舎弟。

アーシュレイ＝サンシモン
ゲルトルードの夫。
むしろ妻の方が男前。

ミルザ＝バルバロッサ＝ローメンワイザー
アイオリアの夫。
今回出番なし…

エヴァリオット
宝剣に宿る精霊。
今回出番なし…

ゲイリー＝オリンザ
ジャックの相棒。王騎士。
義娘が花園にいる。

ジャック＝グレモロン
“ジャック・ザ・ルビー”
の渾名をもつ王騎士。

cover portrait

〔center〕アイオリアⅠ世
〔clockwise〕女大公ゲルトルード
第1夫人オクタヴィアン＝グリンディ
第8夫人アデライード＝オリンザ
第4夫人マリー＝フロレル＝ビクトワール
第2夫人クラウディア＝ファリャ
第3夫人ブリジット＝パルマン

Story

新王朝、ユーノー朝パルメニアの
女王アイオリア。
外征を得意とする彼女の治世は、
決して平穏なものではなかった。

……というマジメな話は
本編に任せるとして、
今回は、世にも奇妙な
「女王様の後宮」の物語です……。

イラスト
麻々原絵里依 *Ellie Mamahara*

誰《だれ》も踏《ふ》み込んではいけない
誰にも踏み込まれたくない
わたしの中の秘密の花園《はなぞの》。
——ただ、あなたにだけは
鍵《かぎ》をもっていてほしい…

序幕　夢見る頃を過ぎても

夢を見るには、時がたちすぎた。

ふと、きみはそう思うことはないかい。

花にも見ごろがあるように、何事もころあいというものがある。このごろわたしはもうとっくに、その時というものを手放してしまったような気がするよ。

ずっと小さいころ、わたしは花というものはどこにでも咲《さ》いているものだと思っていた。そして、いつでもたやすく手に入るものだと思っていたんだ。

事実わたしが一番多感なころを過ごしたシレジアでは、花の都というにふさわしい色彩《しきさい》で満ちあふれていて、どの景色も神さまのパレットのように見えたものだ。

わたしはほんの少しも、それらがかけがえのないものだと思ったりすばらしいことだと考えたりしたことはなかった。だって花は枯《か》れても春がくればかならず咲いたし、庭に巣を作っていたツバメも冬を越《こ》せば戻《もど》ってきただろう…？

だから、すべてものは一度わたしの手元を去っていくけれど、またしばらくもすればもとに回帰すると思いこんでいたんだ。

——無邪気《むじゃき》にも。

きみはまだピンとこないだろうけれど、人は大人になってから欲しいと思うものを、子供のころはあたりまえにもっていたりするものなんだ。一日が長かったり、子供だというだけで愛されたりしてね。

それでも子供のころのわたしにとって、なにもかもが余りあっていたわけではなかった。それどころか、他の人間があたりまえにもっているようなものでも、わたしは不自由していることが多かったんだ。

家族だ。

わたしが必死に願いつづけたからか、わたしの手をすりぬけていったものは、別の形をとって再びわたしの手の中に戻ってきた。神さまがわたしのために、新しい家族を用意してくれたんだよ。

シレジアがわたしの新しい国、新しい故郷になった。この意味がわかるかい？　わたしは結《けっ》婚《こん》したんだ。夫と夫の家族がわたしの父と母になった。

その新しい家族はあったかくて心地《ここち》がよかったけれど、おさがりの服のように体に合わせていくのがむずかしかった。なぜなら、あのころわたしはほんの子供で、誰かに嫁《とつ》ぐということの意味を理解できてはいなかったからね。

わたしは必死でだれかを愛そうと努力していた。相手の好きなところをひとつでも多く見つけて、それを体いっぱいで表現しようと四苦八苦していた。

わたしは、ずっとだれかを愛したかった。

そして、それが特に難しいことではなかったことを——わたしのなけなしの愛が返される愛であったことを、いまはとても幸運に思うよ。

そのおかげか、わたしは今でもあまり無理なく人間を好きになることができるようになった。これもとても幸運なことだと思う。

わたしは手に入れた新しい家族に夢中だった。そのくせわたしは、一度手の中をすりぬけたものを手放さないでいるようにすることも忘れなかった。強欲《ごうよく》だったんだな。決してたくさんものを持っていたわけではないから、自分が手にしているものをなんとしても自分のものにしておきたかった。

わたしは、シレジアに嫁いでからもローランドの従姉妹《いとこ》にたびたび手紙を書いた。

ひとつ年上の綺麗《きれい》で優《やさ》しいゲルトルード＝イベラ＝グランヴィーア。わたしのキティ、わたしのもうひとつの魂《たましい》、わたしの最上で最愛の人——

わたしはたいそう、彼女が好きだった。

シレジアの難しい方言になれるために、わたしは夫となった人とたくさん話をした。それはほとんどといっていいほどそのローランドにいる病弱な従姉妹のことで、わたしがどれだけ彼女を愛しているか、そして彼女もどんなふうにそれに応《こた》えてくれたのかを声を大きくして話して聞かせたものだった。

「ねえねえ殿下《でんか》。かくれんぼうをしましょう。エスパルダでは、いとこどのとよくかくれんぼうをしたのよ。いとこどのは、とってもかくれるのが上手なのよ」

――なんて言ってね。

きみもよく知っているだろうけれど、ローランドのエスパルダ王宮というのは、とにかく広くて古い。なにせはじめて建てられたのが二百年以上も前だ。一番古い建物は冬宮と呼ばれる裏のほんのごく一部でしかないのだけれど、そこには古いものだけがもつ独特の雰囲気《ふんいき》があった。

そう、ここだ。わたしたちがいまいる建物のことさ。

幼かったわたしたちは好奇心《こうきしん》から、こっそり女官たちの目を盗《ぬす》んで奥宮のそのまた奥にまで足を踏み入れたものだった。

キティはよく、この城の歴代の持ち主や、その主《あるじ》に仕えた騎士《きし》や美しい女性たちのことをわたしに語って聞かせてくれた。物心ついてからはほとんどヒルデブラントの田舎《いなか》で過ごしたわたしとは違《ちが》って、彼女はこの広大な王宮のことを隅《すみ》から隅まで熟知していた。残念なことにそれらのほとんどは忘れてしまったが、彼女がいつも熱心にある神話の絵を見つめていたことだけは覚えている。

そうそう覚えていると言えば、彼女はその建物の最奥《さいおう》にある、入ってはならないと言われていた開かずの部屋によく忍《しの》び込んでいたっけ。

物やそれ以外のことにあまり執着《しゅうちゃく》をもたない彼女が、なぜかその部屋だけは心が落ち着くのだと言って固い禁を破っていたんだ。

わたしには、わたしの体には足りない古い一族の血が、彼女をその部屋に呼び寄せていたふうに思えてならなかった。それくらい、このパルメニアのスカルディオという一族には不思議なところがある。なにせ現代に生きる精霊《せいれい》といわれる一族だ。東方の血が濃《こ》いわたしなどには計り知れないところがあるのだろう。

…あれ、愚痴《ぐち》っぽくなってしまったかな？　ごめんごめん、話を元に戻そう。

とにかく、わたしはリデルセンからローランドへ向かう郵便馬車がツバメよりも速いことを祈《いの》って、たくさんたくさん手紙を書いた。

〝親愛なるキティ、元気でいますか？〟

〝風や歌やかけられる言葉は、つねに貴女《あなた》にやさしくありますか？〟

わたしの夫となった人は、いつもやさしい顔でわたしが懸命《けんめい》に話すのを聞いていたが、会話の中にキティの名前が多くなるにつれて、歳《とし》のわりにずいぶんと大人びた視線をほんのすこしだけ狭《せば》めるようになった。

そしてわたしがいとこどのと毎夜いっしょに寝《ね》ていたということや、彼女と結婚の約束をしてしまったことを告白すると、どこか哀《かな》しそうな顔で言った。

「姫《ひめ》…、参考のためにお聞きしますが、わたしとその従姉妹どのとどちらが好きですか？」

わたしの答えに嘘《うそ》はなかったけれど、いつも彼を傷つけてしまっていたようだった。

夜、眠《ねむ》ってからふらふらと出歩くことの多かったわたしのために、夫とわたしは手をつないで眠るようにしていた。彼はまだ眠たくないとだだをこねるわたしをシレジア風のレースの天《てん》蓋《がい》の中へ押し込むことに成功すると、わたしの目に手のひらをあててこう言ったものだった。

「おやすみなさい姫、子供はたくさん夢を見なければ」

わたしは唇《くちびる》をとがらせてぶうぶう言った。

「殿下は夢をごらんにならないの。それは殿下がおとなだから？」

「わたしもまだ夢を見ていたいですよ。でも、本当に大人になったら人は夢に見るんです。夢を見るのではなく」

わたしはまだ子供すぎて、彼の言った意味を半分も理解してはいなかった。

でもこうして、幼い頃触《ころふ》れていた手すりやテーブルの高さが低いと感じるようになってからずいぶんたって、ほんの少しだけその意味がわかってきたような気がするよ。

夢を見るには時がたちすぎた。

そして、今は金色の花やレースのとばりをつかのまの夢に見るばかりだ。

〝花――〟

…そういえば、花の話だったね。

それも、きみが聞きたい話は単なる花の話ではなさそうだ。花園《はなぞの》は花園でも、この先にあるわたしの公式愛妾《あいしょう》たちの居住区のこと。そして、花とはわたしの仮の妻たちのことだろう。

〝お花さん〟

わたしは彼女たちに愛をこめて、そう呼んでいるけどね。

さっきも話したけれど、わたしはもともと、女性たちの微笑《ほほえ》みや時間といったものをかけがえのないものだと思ったりすばらしいことだと考えたりしたことはなかったんだ。

けれど、いつのまにかわたしはそうではないことに気づいた。

女性はもろい生き物だ。

彼女達はとても美しいけれど、ちょっとしたことで萎《しお》れてしまうほど弱くもある。そして、それゆえにのびのびとしていられる時間はとても短い。

とても残念なことだ。

だからわたしは花園に高い塀《へい》をたてて、彼女たちがいつまでも美しくいられるよう、箱庭をつくってそこに閉じ込めることにした。

わたしは彼女たちを守りたいんだ。美しい、作られた宝石箱の中でいつまでも幸せに笑っていてほしい。わたしにはきっと似合わないだろうコタルディを着て、わたしが忘れてしまった顔をしてくるくると快活に踊《おど》ってほしい。

ずっとわたしとは違うふうにいてほしい。できることならそれをこうやって長椅子《レカミエ》の上から眺《なが》めていたいんだ。

そのためなら、できるかぎりのことを惜《お》しまないつもりだよ……

――ああ、長い話になってしまった。こんなふうに、初対面の人間に自分のことを話したのははじめてだから、うまく話せたかどうか自信がないよ。

口ではこんなふうに偉《えら》そうに言っているけれど、わたしはいつも、彼女たちが花園を出て行くと言いだしはしないかと怯《おび》えているんだ。それはなぜかって、彼女たちの背中をなによりも綺麗だと思っているのに、それを見るのがどうしても嫌《いや》なんだ。わかっているのにできないんだ。

いま、お花さんのうちのだれかがここを出て行きたいと言い出したら、わたしは泣くだろう。情けないね。まるで赤ん坊《ぼう》だ。そうすることでしか意思表示ができないのだ。


ところで、彼女たちがどうやって結婚《けっこん》相手を選ぶのか知っているかい？

たしかに花園は王宮の最奥にあって、当然国王以外は男子禁制の場所だ。

だが、中にはたやすく侵入《しんにゅう》できる者もいる。

堂々と扉《とびら》をあけて入ってくればいいんだ。なに、簡単なことさ。鍵《かぎ》があればできるだろう。

彼女たちは、これぞという相手には鍵をわたすんだよ。

人間のおもしろいところは、その鍵をなぜか見知らぬ他人がもっていることもあるってことかな。そんな人間は、自分の意図しないうちにするっと隙間《すきま》から入ってきて、気がついたときには自分の領地みたいにふんぞりかえっているものだ。

そうなるとまさに泥棒《どろぼう》さ。

きっと扉の鍵はふたつあって、ひとつは自分がもっているが、もうひとつは泥棒がもっているんだ。
あれ、またなんのことを話しているかわからないって顔だね。
ふふふ、
——心を奪《うば》われるっていうだろう。つまり、あれのことさ。

*

「陛下」

静寂《せいじゃく》に包まれていた部屋に、誰《だれ》かを呼ぶ声が混じった。

長椅子《レカミエ》以外はなにもない部屋だった。飴色《あめいろ》をした椅子の脚《あし》は猫《ねこ》のようにのびていて、床《ゆか》には花をモチーフにした模様に織られた絨毯《じゅうたん》が、石肌《いしはだ》が見えないようびっしりと敷き詰《つ》められている。

「陛下、お風邪《かぜ》をめしますわよ」

しっとりとした声とともに柔《やわ》らかい口づけが降りてきて、アイオリアはまだ重い瞼《まぶた》をこじあけた。

「あれ…、オクタヴィアン？」

「お庭のほうにいらっしゃらないと思ったら、こんなところでおやすみでしたのね」

アイオリアはレカミエから上体をおこすと、瞼をこすりながら辺りを見回した。

なじみのない部屋だった。王宮の奥の一室だとは思うが、いつもアイオリアが使用する部屋ではない。壁《かべ》にかけられたタペストリーの模様にも、暖炉《だんろ》のかたちにもまるで見覚えがなかった。

なにより天井《てんじょう》が低い。

（ここは、…冬宮？）

どこか天井が少し低い感じがするのは、この部屋が古い造りをしているからだ。ローランドのエスパルダ王宮は、歴代の王が少しずつ少しずつ増築して今のような大鷲《おおわし》が翼《つばさ》を広げたような形になったが、その中でも一番古いといわれているのが、始祖オリガロッドがはじめてローランドに都を置いた王国暦《れき》元年に建てられたこの冬宮なのである。

「ねえ。ここにだれかいなかった？」

オクタヴィアンはゆっくりと首を振《ふ》った。

「いいえ、だれも」

「なあんだ」

アイオリアは急に体から力を抜《ぬ》くと、ぱたっとオクタヴィアンの膝《ひざ》の上に倒《たお》れ込んだ。

「じゃあ夢か。せっかくかわいい女の子だったのに」

「まあ」

オクタヴィアンは長い指でアイオリアの頰《ほお》をつねるような仕草をする。

「憎《にく》らしいかた。わたくしたちというものがありながら、女官にまで手をだすなんて」

アイオリアは目を瞑《つぶ》ったまま笑った。

アイオリア王の花園《はなぞの》と呼ばれる奥の後宮には、八名の公式愛妾たちが暮らしている。彼女たちは普段《ふだん》は〝お部屋様〟と言われ、正式な伴侶《はんりょ》のいないアイオリアの寵愛《ちょうあい》を受ける身だが、ほかの国の愛妾・夫人たちとはいくつか異なった面がある。

つまり、アイオリアは女性なのだ。

彼女がいくらお花さんたちを愛しているといっても、それは形だけのこと。いずれ彼女たちは夫となる貴族と引き合わされ、花園を出て嫁《とつ》いでいく。いままでこの花園には実に三十四人もの愛妾たちが暮らしていたが、そのうち今いる八名以外は全員人の妻となった。

そして一人出て行くごとに薔薇《ばら》の騎士《きし》が派遣《はけん》され、また一人補充《ほじゅう》される。その人選はさまざまだ。都とつながりをもちたい地方領主たちは競《きそ》って娘《むすめ》を花園へやろうとしたし、またその逆に国王の掌中《しょうちゅう》の珠《たま》をいただいて強力な縁《えん》をもちたいと願っている。アイオリア自身もこのような目の届きにくい地方とのパイプを重要視したが、単なる好みで選ぶこともままあった。

ともあれ国一の名花と讃《たた》えられた愛妾も、いつかは花園を去らなくてはならない。オクタヴィアンはアイオリアの第一夫人を丸二年つとめている。これは歴代でも長いほうだ。

アイオリアは髪《かみ》を撫《な》でていた手をつかんで、自分の方へと強引《ごういん》に引き寄せた。彼女はささやいた。

「愛してるよ、オクタヴィアン」

「あいかわらず、耳によく響《ひび》くお言葉。さっきの女官にも同じことをおっしゃったのではなくて」

「うん？」

アイオリアは背伸《せの》びをしながら上体を起こした。

「いや、女官ではなかったような…。だれかに似ていた気がするんだけど、やっぱり夢かな」

「では、わたくしの花送りのときまではわたくしのことを一番に考えていてくださいませ」

花送り、という言葉にアイオリアの頬が急に引き締《し》まった。

愛妾《あいしょう》の引退が正式に決まると、後宮中はいっせいにこの引退式――花送りの準備に入る。いつからか、花送りは花のない時期には行われないといった決まりや、花園の住人が花園を出て行くときには、奥中の人間で白い花を撒《ま》くという暗黙《あんもく》の慣例もできた。

「ねえオクタヴィアン、花送りってだれの…」

アイオリアの言葉を遮《さえぎ》るように、彼女は強い口調で言った。

「爵位《しゃくい》も弟に譲《ゆず》りましたし、グリンディのすべてをようやくあるべきところに戻《もど》すことができました。これもすべて陛下のおかげでございます。厚く御礼《おんれい》申し上げます」

「オクタヴィア…」

彼女はアイオリアの前に膝をついた。

「花である栄誉《えいよ》を、陛下に返上させていただきたく存じます」

アイオリアは呼吸をするのも忘れて、オクタヴィアンをまじまじと見た。

「アズライールももう私学校の寮《りょう》におります。あとは生まれたばかりの息子《セレナンド》とともにどこか田舎《いなか》でゆっくりしたいと常々考えておりましたの。わたくしが筆頭の座にあがってからもう二年、クラウディアもずいぶんと大人になりましたし、そろそろ彼女に譲るべきかと」

「で、でも、君にはふさわしい花盗人《はなぬすびと》がいないじゃないか！」

アイオリアが珍《めずら》しくしぶるそぶりを見せた。

花園の花はえてして盗まれるのが慣例だ。国王の花を望むものは国王に莫大《ばくだい》な貢《みつ》ぎ物をして、ようやくその花を盗み出すことができる。

そこにはいくつもの政治の横糸が見え隠《かく》れしており、決して色話だけでこのだんどりがとられるわけではない。

たとえば、アイオリアが他国の豪商《ごうしょう》との縁を強めたいと思っていても、つきあいを始める前にはいくつもの手続きをしなくてはならない。もし彼女に子供がいても、社会的な理由上、王の娘を商家なんぞに嫁《とつ》がせるわけにはいかないし、その逆もまたありえない。

また、金銭的に苦しい貴族が商人の娘と結婚をしたいと思っても、なかなか身分上そういうわけにはいかない。

そこで、アイオリアがないほうの身分に箔《はく》をつけ、もしくは両者の緩衝材《かんしょうざい》として一役を買う。アイオリアが女性である以上、まったく機能していないように見える後宮だが、彼女は実に実用的にここを活用していたのである。

しかし、オクタヴィアンは結婚《けっこん》を望んでいなかった。

「わたくしはどなたとも結婚をするつもりはありません。陛下のお役に立てずに花園を去ることは、たいへん申し訳なく思っております。けれど、わたくしはそれ以外のことで、陛下になんらかの貢献《こうけん》ができていたと自負しております」

と、彼女は言い切った。

彼女ほどの容色ならば、たとえ子供が何人いても望むものはあとをたたないだろうが、彼女のほうがそれを望んでいない以上、アイオリアが無理強《むりじ》いをするわけがなかった。

「も、もうちょっと待ってくれないか、オクタヴィアン」

アイオリアは体ごとオクタヴィアンを引き寄せて、その美しいかたちの額に唇《くちびる》を押し当てた。

「わたしは、あなたにはうんと幸せになってほしいと思っているんだ。そのために、わたしなりにだが考えていることがある。もう少し…、もう少しだけ待ってくれれば、例のことも調査が進んで…」

「そのことはもういいのですわ、陛下」

オクタヴィアンはアイオリアの手をとって、自分の手の中に大事そうに包み込んだ。

「そんな目でわたくしをご覧にならないで。ここを出て行く決心をようやくしたのに、鈍《にぶ》ってしまうじゃありませんか」

「なら、行かないでくれ。こんな…急すぎるよ」

「もう、ききわけのない方。そこがかわいらしくて放《ほう》っておけない」

すがるような目で見上げるアイオリアの両頬を、彼女はそっと手のひらではさんだ。

「そう…。それもひとつ気がかりなのですわ。わたくしたち花は花園を出ても変わらず陛下を愛していますけど、寂《さび》しがりやのあなたさまにはずっと側《そば》にいてくれる人が必要でしょう。いままで花園を去られたお姉さま方も、最後までそのことを心配しておられました。陛下はとて

も懐が広くて、だれでも自分の部屋に入れてしまわれるのに、なぜかご自身の感情に不器用なのだと」

「そ、そうなんだ。不器用なんだ。だから出て行くなんていわないで、ねえオクタヴィアン」

アイオリアの顔がいじめられた子供のようにくしゃくしゃになる。

「どうして今なんだ。ずっとここにいればわたしが守ってあげられるのに、みんないつかは出て行ってしまう。わたしを捨てるんだ。いとこどのだってわたしのことを一番に愛しているっていったくせに、あんな（自主規制）なヤローと結婚してしまうし。ううう っ…ぐずぐず…ひどいよう。あんまりだー」

最愛のグランヴィーア大公ゲルトルードが、アーシュレイ＝サンシモン伯爵《はくしゃく》と結婚をしてからというもの、アイオリアはショックで女の子を褒《ほ》めることができないくらいダメージを受けていた。

ふいに、アイオリアは怒《おこ》ったような顔つきで、

「いとこどのが結婚してしまったっていうのに、あなたまでいなくなるんじゃわたしはいったい誰《だれ》に甘えたらいいんだ！」

「もう二十六歳におなりでしょう、国王陛下」

「やだい！　そんなことはわたしが許さない。わたしの楽しみが減るなんて」

まるでだだっ子だ。

オクタヴィアンは少し考えるようなそぶりを見せたが、ふいにその美しさを前面に出して笑

った。

「では陛下、わたくしのお願いを聞いていただけますか？」

と、彼女は切り出した。

「もし、このお願いを聞いていただけるのでしたら、わたくし引退の件は考え直してみようと思います」

「な、なんだい。欲しいものがあるならなんでも言ってごらん!!」

鼻息荒《あら》くアイオリアは言った。

「わたくしも花園《はなぞの》の生活が長くなって、やはりここを離《はな》れるのに多少の不安を感じておりますの。ですから、できればここにいるあいだにぜひやりとげてしまいたい計画があるのですけれど…」

オクタヴィアンは辛《つら》そうに口元を押さえて目を伏《ふ》せた。

「それには、ぜひとも陛下のお力が」

「さあ、そんな遠慮《えんりよ》しないで。わたしとあなたの仲じゃないか!!」

つきあいの長い第一夫人の曇《くも》り顔に、アイオリアは勢いよく身を乗り出した。

「でも、…ああ、いいえだめだわ。こんなことを陛下にお願いするなんてきっと無理」

「そんなことはない！」

「でも…」

アイオリアは渋《しぶ》るオクタヴィアンの肩《かた》を両手でもつと、自分の方に向き直らせた。

「オクタヴィアン、わたしがいままでにあなたの望みを叶《かな》えないことがあっただろうか。いいやそんなこと、たとえあのジャックが浮気《うわき》したって、ガイが年増《としま》に走ったって、ヘメロスの食《しょく》卓《たく》に肉料理が並んだってありえない」

さりげなく失礼なことを彼女は口にした。

「あなたが花園をでていかないでいてくれるのなら、わたしにできることならなんだってさせてもらうよ」

「ほんとうに？」

アイオリアは大きく頷《うなず》いた。

「もちろんだとも。どぉんと大船に乗ったつもりでわたしにまっかせなさい」

そのとき、オクタヴィアンの目の奥が妖《あや》しく光った。

アイオリアは思わず身震《みぶる》いした。

「オ、オクタヴィ…」

「うれしゅうございますわ、陛下。では、お言葉に甘えてさっそく申し上げます」

彼女はまっていましたとばかり口を開いた。

「それではぜひとも、花園に殿方《とのがた》を入れてくださいませ」

ずり、

と、アイオリアが椅子《いす》から落ちた。

「………え」

何のことを言っているのかわからないといったアイオリアに、オクタヴィアンは艶《あで》やかな微《ほほ》笑《え》みを投げかけた。

「端的《たんてき》に申しますと、陛下に男の愛人をもっていただきたい、と言っているのですわ」

「お、お、お、男の、あいじん!?」

思わず逃《に》げかけるアイオリアの手を、オクタヴィアンがものすごい速さで摑《つか》んだ。

「うわっ」

「たしか、わたくしの望みなら、なんでも叶えてくださるとおっしゃいましたわね」

対するオクタヴィアンの目は真剣《しんけん》そのものだった。

「いや、あ、ははははは…」

アイオリアはひくっと笑った。いや笑おうとして失敗した。

しどろもどろで彼女は言いつないだ。

「え、えーっと、でも、いやしかし…、人にはできることとできないことがあって…」

「おっしゃいましたわよね」

「…………」

「陛下」

「………は…い…」

そのとたん、オクタヴィアンは顔面をおおっていたしかめ面《つら》を吹《ふ》き飛ばした。

「ああ、安心いたしましたわ。陛下が思ったより聞き分けがよろしくていらして」

「で、でも、でもっ…。お、男を花園に入れるなんて」

「入れるなんて…?」

「気持ちが悪い!」

アイオリアはひっくりかえった虫のように手足をジタバタさせた。

「だ、だいたい花園は、わたしのための宮殿《きゅうでん》なんだ。わたしが女の子といちゃいちゃしたりべたべたしたり、きせかえごっこをしたりお医者さんごっこをしたりするために造ったんだぞ!」

「そんなことのためにお造りになったんですの?」

「実は」

思わぬところで花園誕生の理由をあかされた第一夫人は、納得《なっとく》の表情で頷いた。

「たしかに陛下とは何度もお医者さんごっこをいたしましたわね。陛下はいつもたいそうな名医でいらっしゃって、うふふふ」

「そ、それなのになんでわざわざ大嫌《だいきら》いな男を入れてやらなければならないんだ。どうしていまさら!」

オクタヴィアンはぱらりと扇子《せんす》を開いた。

「実はこの計画は、もう数年前から進められていたことなのです」

「数年前からだって？」

それはいったい何のことだと聞き返す前に、アイオリアの眼前になにやら紙の束がつきつけられる。

「うっ、こ、これは…」

「いままで花園でお暮らしだった、そして花園を去って行かれた元愛妾《あいしょう》のお姉さまがたが計画された、

〝アイオリア様に乙女になっていただこう計画〟の仕様書です。皆様《みなさま》なんとしてもアイオリア様には、女性としての幸福を知っていただきたいと切に願っておられたのですよ」

「な、なんだって⁉」

アイオリアは仰天《ぎょうてん》した。まさか、自分の知らないところでそんな恐《おそ》ろしい計画が進んでいようとは——！

「そのためでしたら、皆様金銭と手段を惜《お》しまぬとまで署名してあります。陛下、わたくしたち今度という今度は本気ですのよ」

オクタヴィアンの挑戦的《ちょうせんてき》な視線を受けて、アイオリアは慌《あわ》てふためいた。

(じ、冗談《じょうだん》じゃない)

もし、この悪ふざけとしか思えない申し出に花園の卒業生たちがからんでいるとしたら、これは単なる冗談ではすまされない。

アイオリアの最初の公式愛妾エレノア＝シュミーナンを始めとする卒業生三十四名は、いまやこの国をささえる重鎮《じゅうちん》たちの妻だ。彼女たちを使って地方と中央の円滑化《えんかつか》をはかり、パルメニアというつぎはぎの国の地ならしをしたのは、ほかでもないアイオリア自身だった。だが、言い返せばそれは、彼女達が連携《れんけい》すれば中央に対する十分な勢力になるということなのだった。

そして今、その強大な勢力は、あろうことかアイオリアに皆口をそろえて男の愛人を作れと言ってきたのである。

いったいどうして。

なぜ、こんなに急に。

(というか、〝アイオリア様に乙女になっていただこう計画〟実行委員会って、何だ⁉)

そのまますぎる。

アイオリアは内心頭をかかえた。女が集団になるとそれは恐ろしい威力《いりょく》を発揮することは知っていたが、なにもこんなことで一致《いっち》団結しなくても良いではないか。

(そんな計画が実行されるくらいなら、まだ地方で反乱を起こされた方がましだ…)

「男を花園《はなぞの》に入れて、それで万が一にもわたしと…その、どうこうなるなんてあなたは本気で思っているのかい？　あいにくだがわたしにはその気は…」

「陛下」

オクタヴィアンがわざとらしくため息をついた。

「いったいわたくしたちを誰《だれ》だとお思いですの。陛下の添《そ》え物、飾《かざ》り物としてお側《そば》にはりついていたわたくしたち、わたくしはその中の筆頭愛妾です。とっくの昔に陛下のお好みなど熟知しておりますのよ。…まあ、万が一その一人がお気に召《め》さなくても」

「召さなくても？」

「この世の中の半分は男ですし」

どきっぱりとオクタヴィアンは宣言した。アイオリアはぐったりした。

「えーえーえーえーえー」

「陛下がお望みなら、わたくしたち卒業生は世界中からりりしい『雄花《おばな》』を捜《さが》しだしてみせるつもりですのよ」

「雄花…」

「もちろん、古代のエシェロン風に『男花園』なんてのもいいですわね」

「男花園…」

アイオリアは思わず手で口をおおった。口にしただけでげっぷがでそうだ。

「…わかった、きみがそうまで言うのなら、気が進まないけどしかたがない」

けど、とアイオリアは強硬《きようこう》に続けた。

「条件がある！」

「どうぞ」

「わたしと勝負をしよう、オクタヴィアン」

オクタヴィアンの目が、軽い驚《おどろ》きに見開かれる。

「勝負ですって?」

「そう、きみが勝ったらわたしが言うことを聞く。もしわたしが勝ったら…」

「勝ったら?」

少し考えて、アイオリアは言った。

「きみは引退を考え直す。ずっとわたしの側にいるんだ」

すると、オクタヴィアンはそのゼリーのような唇《くちびる》に勝ち誇《ほこ》った笑《え》みを浮《う》かべた。

「いいですわよ。その勝負お受けいたしましょう。方法はなんになさいます? 盤遊《ブレッキィ》びかトーナメントか…、いっそサイコロ《トピ》でも、陛下のお好きなように」

「うーん」

アイオリアは、オクタヴィアンがいままで見た中でもこれ以上ないくらいに真剣に考え込んでいたが、やがてぱっと顔を上げた。

「そうだ、かくれんぼうをしよう」

「かくれんぼう?」

「そうだかくれんぼうだ。三日の間わたしは姿を隠《かく》す。三日の間にわたしをみつけることができたら、なんでもあなたの言うとおりにするよ」

「あら意外ですわ、そんな簡単なことでいいんですのね」

「いいとも。この王宮を抜《ぬ》け出すことにかけては、わたしはすきま風にだって劣《おと》らない。ちょろいもんさ」

「たいそうな自信でいらっしゃいますこと」

オクタヴィアンは人差し指と中指で下唇《したくちびる》をはさむようにしながら、

「オニはたくさんいてもよろしいのね？」

アイオリアはぎこちなく頷《うなず》いた。

「か、かまわない。男とベッドで寝《ね》るくらいなら、一個師団からの追跡《ついせき》だって逃《のが》れてみせるさ」

「あらあら」

オクタヴィアンは素早《すばや》い動作で長椅子《ながいす》から立ち上がると、気鬱《きうつ》な表情のアイオリアにいつもの婉然《えんぜん》とした微笑《ほほえ》みを投げかけた。

「では、陛下はわたくしがこの花園にいる間に息抜きでもしていらっしゃったらいかが？　あまりにも気鬱な顔をなさっていては、小雲雀《こひばり》ちゃんたちが心配いたしますから」

「休暇《きゅうか》なんて必要ないさ」

「わたくしが花園を出れば、いままでのようにお忍《しの》びで出かけられなくなりましてよ」

「うっ」

アイオリアは胸につかえを感じたときのように、胸の上を押さえた。

「陛下がローランドへ戻《もど》っていらしたら、すぐにでもわたくしの引退を発表致《いた》します。かくれんぼうはそれからというわけですのね」

「そ、そういうことに、なるかな」

オクタヴィアンは念を押した。

「三日のあいだに陛下を見つけることができたら、陛下は花園に殿方《とのがた》をお召しになるんですのよ」

「そっ、そのかわり、もしわたしを見つけられなかったら、貴女《あなた》は引退を撤回《てっかい》するんだからね。ずーっとずーっとわたしの側にいてくれるんだ！」

「望むところですわ」

はっきりとしたオクタヴィアンの物言いとは反対に、どことなくアイオリアの歯切れは悪い。

「では陛下、ごきげんくださいませ。よい休暇を」

入ってきたときと同じ颯爽《さっそう》とした動きで、オクタヴィアン＝グリンディ侯爵《こうしゃく》夫人は部屋を出て行った。

そして部屋の中に、ただ一人残されたアイオリアは、

「よ、よーし。ここは温泉にでも行って、ゆっくり逃亡《とうぼう》計画を練らなくては！」

とりあえず温泉に行くらしかった。

は――っ
アイオリア様 あいかわらず ひどいご様子…
仕方ないわ 最愛の大公殿下が 御結婚だもの
何か―― 陛下をおなぐさめする 方法はないかしら
愛妾 フロレル
愛妾 アデライード
愛妾 クラウディア
――そうだ 温泉に行こう
遠征王
アイオリアI世（注：♀）

おいでませ ピカルディ
ピカルディ名物 まんじゅう
COMIC：麻々原絵里依
温泉まんじゅう
あっこれ美味《うま》そ――♡
ウチに買ってくかな――
これは珊瑚《さんご》によさそうだ…
王騎士ヘメロス
王騎士ジャック

はいはいはい
みんなちゃんと
ついてきて――
お土産は
あとあと
きゃっ
きゃっ
どこまでも
お伴します
アイオリア様♡
銀騎士
ナリス
ぽん
聖騎士
ニコール
おいおい
こんなとこまで来て
カタイぜ ナリス
もっと
力抜けよ
オレ達も
どこまでもアニキに
ついて行くっス!!
行くっス!!
いいんだよ
お前らは
ニコールの舎弟
ミンチ隊
そうですね
たまにはゆっくり
男同士で裸の付き合い
というのも
いいものですよね
リュシアン!!
お前
いつの間に…?!
ぎく
シングレオ騎士団
副長
リュシアン

こら寄り道しない!!
いいじゃんケチ
よかったですわ陛下がお元気になられて♡
オリエったらホントに温泉が好きなのね―
アデラ!!
あらガイ
混浴はいかんぞアデラ!!
そんなはしたない真似お父さんは許さんからな!!
王騎士ガイ
お父さんっ
そんなに心配だったらガイが一緒に入ればいいでしょ
がん
なっ
ばばばばばかそんなことできるかっ
ふん
行きましょフロレル
湯気でじっくりゆであげる温泉たまご
へいらっしゃい!!
美味いよ
美味いよ
びくっ

――女湯
いい湯だなー♡
わたしは温泉に入ってる時が一番幸せなんだ♡
本当に皆さん来られれば良かったですのに
アルバドラ姉妹は残念だったわね 3人揃って風邪なんて
オクタヴィアンには影武者を頼んであるしね

優しい人だね フロレル いつも皆のことを 気遣って
…
ぱしゃ
──きれいだよ わたしのお花さん
世界中をとりこにしそうなこの肌が ずっとドレスの下に 隠されてるなんて
もったいないけど 嬉しいな
他のどんな男にも 見せないで わたしだけの宝物に しておきたい……
──アイオリアさま──
ずっるーい!!
ざばっ

ばっしゃーーん
ずるいですわ陛下！
フロレルの方がわたくしより胸があるからってひいきするんですのね！！！
クラウディア
おばかさんだね
くい
てのひらサイズの胸もわたしは大好きだよ
チュ♡
ほらこんなに可愛らしい
ぽん
ちょん♥
クラウディア?!
ばしゃ
きゃあ
きゃあ

――男湯
は――
お前ら…
はっ
――あっ
アデラは湯あたりしやすいから俺が気をつけてやらないと!!
陛下のご様子を逐一把握するのが側近のつとめ…!!
へーへー
……
?
ぽん
まさか一緒に風呂に入ったことがあるとは言えねーな
とかいってオリエって結構胸あるよね――♡
!!
ぎょっ

ねえ ちょっとさわらせて？
えっ いや それは――
ずるいわアデラ じゃあわたくしも さわる――っ
ちょっ やめ…
きゃ――っ
陛下の胸って やわらかぁい♡♡

ナリス…
あわれなヤツ…
強いのに
あんな女に惚れたばかりに…

そのころ

ごきげんななめですね
すねるくらいなら一緒に行けばよかったのに
——温泉は苦手なのだ
オリエはどうしてああ温泉好きなのか
女大公
ゲルトルード
ゲルトルードの夫
アーシュレイ

わたしのプリマジーナ
じょー
アイオリアの(元)夫
ミルザ

初出／『The Beans』Vol.2（2003. 11）

第一幕　雄花《おはな》さんがやってきた　ヤアヤアヤア！

　ターシャ＝スカラッティは、ふと目にかすみを覚えて針を置いた。

　針をなくさないよう、腕《うで》にまいた針袋《ぶくろ》に慎重《しんちょう》に突《つ》き刺《さ》す。王宮の備品はしまいおわるまで絶対に気が抜《ぬ》けない。これを一本でも紛失したら、罰《ばっ》としてお針子部屋を出て行かなくてはならないのだ。

　ターシャは王宮に勤めるようになってから三十年になるが、未《いま》だに針や指ぬきをなくしたことはなかった。それでもこのごろは歳《とし》のせいか目が見えにくくなっているので、針を持っているときは落とさないよう特に注意している。

「もう、わたしも歳ねえ」

　ターシャは笑った。

　この王宮には、千人を超《こ》す数の女たちが共同で暮らしている。アイオリアの言い分だとここにいる全《すべ》てが花園《はなぞの》の〝花〟ということらしいこの職業女たちは、厨房《ちゅうぼう》に勤める調理女中や掃除《そうじ》婦《ふ》、雑役婦《ざつえきふ》など仕事もさまざまだ。これらのほかにも酪農《らくのう》部屋でチーズやジャムをつくる専門の係がいて、外にも後宮の庭をととのえる女の園丁《えんてい》やペット係まで、女ばかりが住み込みで生活している。

中でも特に数が多いのが、ターシャの勤める衣装寮《いしょうりょう》の女中だった。

ターシャは十九歳のとき、戦争で夫を失い寡婦《かふ》になった。そのとき、たまたまお針子をしていた叔母《おば》が目を病《や》んで辞《や》めることになったのをきっかけに王宮にあがった。以後三十年、彼女はほとんど王宮から出ることのない生活を送りつづけている。

(もう、そんなにも月日が経《た》ったの…)

ターシャはふと、黄昏時《たそがれどき》の空気の中手を止めて窓の外を見やった。

衣装寮での仕事は決して楽ではなかったが、針をもつのは好きだった。自分では一生身につけることのできない高価な生地《きじ》に触《ふ》れることができるのは喜びだったし、王宮で行われる華《はな》やかな晩餐会《ばんさんかい》や貴族たちの姿を見られることは、若かったターシャの心をときめかせた。

(あのころはわたしもうんと若かった。できるだけレースをたっぷりと見せられるよう、わたしもこうやって夜通しレースのきれっぱしを繋《つな》げて縫《ぬ》ったっけ…)

「でももう、ペチコートの裾《すそ》が貧相《ひんそう》でも恥《は》ずかしい年ごろでもないわね」

懐《なつ》かしそうに目を細めて、ターシャはひとりごちた。

彼女もまだ若いころは、同僚《どうりょう》たちとお茶をしたり定期市や買い物にいくのを楽しみにしていた。しかし、やがて同じ部屋の仲間たちもひとり、またひとりと職場を辞めて花園を出て行くと、外へ出かけることもまれになった。

王宮に勤める女性たちは、だいたい二十代半ばまでに結婚《けっこん》して辞めていくことが多い。はやくに寡婦になったターシャに再婚《さいこん》をすすめる者もあったが、ターシャはなんとなく花園を出る気になれなかった。

そして仲の良かった者が去り、お針子部屋をまかされるようになってもターシャはめったに外へでかけなかった。まだ若いうちから王宮の住人になったターシャには、もはや王宮の外は異国も同然だったのだ。彼女にとっての日常は、ボタンの代わりに使う宝石や帽子《ぼうし》に縫いつける真珠《しんじゅ》、そしてペチコートのレースだけだった。

「さあ、できた」

彼女は今縫っているペチコートのレースにほころびがないかどうか確認《かくにん》すると、その上から継《つ》ぎ足すレースの柄《がら》を選び始めた。

いま花園では、だれもかれもが身につけるものを少しでもよくしようと余念がない。

それというのも、国王の第一夫人オクタヴィアン＝グリンディ侯爵《こうしゃく》夫人の花園引退が正式に発表されたからである。

花園とは、エスパルダ王宮の〝奥〟と呼ばれる部分のさらに中心部分の呼称《こしょう》である。

大陸でもエシェロンのパンパーリアに劣《おと》らないとされるこの広大な王宮、エスパルダ宮。この宮殿《きゅうでん》は、まず大きく執政《しっせい》府が置かれている〝表〟と国王が生活する〝奥〟の二つに分けることができる。

よくエスパルダ宮を言い表すとき、大鷲《おおわし》が羽根を広げたようなと称されることがあるが、この奥部分はちょうど鷲の首から上にあたり、全体の面積でいうと表の二十分の一に満たない。

そのことからも、この〝奥〟がいかに小さな部分でしかないのがわかろうというものだ。

その狭《せま》い奥にも、さまざまな建物が存在する。特に国王が侍従《じじゅう》とともに生活をする宮は、〝鷲の目〟と呼ばれているから、だいたいその呼称からどのへんに位置するかわかるだろう。

そして、後宮。

奥の中心はなんといってもこの後宮である。歴代の王がもっとも改築に熱心だったというのもこの部分で、彼らは愛する妃《きさき》や愛妾《あいしょう》のために宮を建てたり、庭やあずまやに手を入れたりした。

隻眼《せきがん》王ミルドレッドがエシェロンの女皇を迎《むか》え入れるために作らせた東ふうの雨だれの宮があり、芸術と娯楽《ごらく》の守護者であったレックハルトが自ら作曲した歌劇を上演したとされる扇《おうぎ》の庭がある。

その中でも最も新しく美しいとされているのが、アイオリア王がわざわざ遠いミュスカの地から二年かけて運ばせたといわれる大理石の柱が美しい、ここ花園だった。

「ほんとうに美しい場所だわ。この世にあるはずがないほどに」

ターシャは同僚の娘《むすめ》たちと常々外の世界と比較《ひかく》して、この限られた美しい箱庭のことを褒《ほ》めたものだった。

エメラルド色の絨毯《じゅうたん》は一年中枯《か》れることがないよう、緑を保つ種類を時間をかけて根付かせてあり、その美しい緑の側《そば》にはわき水が集められ、通りかかった貴婦人たちがいつでも足を涼《すず》ませることができるようになっている。

また、庭の石造りのテーブルと椅子《いす》は実は大きな翡翠《ひすい》をくりぬいたエシェロン産、大きな日傘《ひがさ》のような楡《にれ》の木にはブランコがつるされていて、年若い女人《にょにん》たちが空を漕《こ》ぐ姿がたえない。そのすぐ側にあるあずまやの葡萄《ぶどう》の蔓《つる》がからまった棚《たな》はやさしい日陰《ひかげ》をつくりだし、毎年秋になると天然の宝石がとれるのだ。

花園の美しさは、庭の美しさだけではない。ここに住む住人たちの美しさもまた人々の語りぐさになっている。

新入りの第八夫人アデライードは溌剌《はつらつ》とした美少女で、いつも花園を愛馬で駆《か》け回っている。北東の古い国アルバドラからやってきた黒い髪《かみ》の三姉妹《さんしまい》、ミレーユ、ソニア、メリュジーヌはそれぞれが個性的な芸術家だし、第四夫人マリー＝フロレルは小鳥のような美声の持ち主で、第三夫人で高級娼婦《しょうふ》出身のブリジット＝パルマンがつま弾《び》く三弦《さんげん》にあわせてよく歌をうたっている。

第二夫人のクラウディア＝ファリャ公爵令嬢《こうしゃくれいじょう》は、美しさというならこの八人の中でもずばぬけているだろう。入ってきたころはまだきかん気の子犬のような印象があったが、それも位があがり、さまざまな女性たちと暮らして行くにつれて角がとれてきたようで、このごろは先が楽しみな貴婦人ぶりをみせていた。

そして、この騒《さわ》ぎの元凶《げんきょう》である第一夫人のオクタヴィアン＝グリンディ侯爵夫人。

若い頃《ころ》から毒眼の貴婦人として数々の浮《う》き名を流し、未婚《みこん》の子持ちであるという異例をものともせず花園入りをはたした、言うならば花園一スキャンダラスな彼女が、とうとう花園を出て行くというのである。

まず人々は、この国王の親友ともいうべき彼女を誰《だれ》がもらいうけるのだろうと噂《うわさ》しあった。花園《はなぞの》の花は盗《ぬす》まれるのが慣例だからである。

そして、どうやら彼女は誰かと結婚するわけではないらしい、弟に爵位を譲《ゆず》った後どこぞで隠棲《いんせい》するという事実が国王の口から説明されると、人々は驚《おどろ》きつつも次はまちうけている引退式の準備にとりかかった。

花園の花送りは、花の咲《さ》いている季節にしか行われない習わしだ。ともかく冬がやってこないうちに、花が多い季節のうちに第一夫人を送り出すに相応《ふさわ》しく盛大《せいだい》に執《と》り行わなければならない。

奥中の女官たちが準備に走り回った。

オクタヴィアンの生活する範囲《はんい》はすべて造花で飾《かざ》り付けされ、絨毯の上にはいつもより多めのラベンダーが撒《ま》かれる。厨房を預かる女中たちは来《きた》る日のための献立《こんだて》をたて、食材を確保するために頻繁《ひんぱん》に城の外へ出かけていったし、めったに貴賓《きひん》の顔を見ることができない下働きの少女たちまで、この日にかぶる花をいっぱいのせた帽子のことをあれこれ話し合う浮かれっぷりだった。

その中でも一番忙《いそが》しいのが、衣装寮につめるターシャたちお針子である。オクタヴィアンが晴れの日に着るコタルディに花の刺繡《ししゅう》をしなければいけないのにくわえて、王宮に仕える女官たちから繕《つくろ》い物の依頼《いらい》が増えるからだ。

ターシャが今縫っているペチコートも、昨晩黄昏の間の鈴番《すずばん》をしていた女官からの頼《たの》まれものだった。

『できるだけレースをふやして、スカートがふわって見えるようにしてほしいの』

ターシャにこのペチコートを預けた女官は、たしかそんなふうに言っていた。

花送りの時期に女官たちが急におしゃれになるのは、もちろん国王の愛妾の席がひとつ空くことがあきらかになるからだ。

ターシャたち平民出身の下級雑役婦《ざつえきふ》とは違《ちが》い、女官は地方領主の娘や豪農《ごうのう》出身であったりする。彼女たちは都へ花嫁修業《はなよめしゅぎょう》をしにきているも同然で、王宮へあがったことがあるという箔《はく》をつけてから良い身分の殿方《とのがた》のもとへ嫁《とつ》いでいく。

そんな彼女たちにとって、花園の席がひとつ空くことは一大事件だった。

アイオリアの趣味《しゅみ》は多様で、これは選ばれてもしかたがないといった美女から、特筆すべき容姿でない者までやたらに許容範囲が広い。もちろん、愛妾が宮中の女官から選ばれた前例だってある。数年前に花園入りしたアナベラという女官がいたが、たいした容姿ではなかったので大広間で彼女が選び出されたときには大変な騒ぎになったものだった。

けれどターシャには、なぜ国王陛下がアナベラを選んだのかわかっていた。

アナベラは決して人の悪口を言わない娘だったのだ。

「あら、もうこんな時間」

ふと窓辺をみると日は落ちかけていて、空の半分は薄《うす》い闇《やみ》でおおわれつつある。レースを継ぎ足すのに必死で気がつかなかったが、まかないの時間もとっくに過ぎているだろう。

「今日はこれくらいにしましょう。あまり蠟燭《ろうそく》を使うわけにいかないもの」

ターシャは目をこすって立ち上がった。

お針子仕事には灯《あか》りが必要なので、刺繡など細かな作業をするときはなるべく昼間にしなければならないという規則があった。ターシャは急いで針をしまうと、縫《ぬ》いかけのペチコートをしまいこんで部屋を出た。

（とうとう一の部屋の住人が変わるんだわ…）

刺繡部屋の鍵《かぎ》をかけながら、ターシャはぼんやりと考えた。

（アデライード様が入ってきてまだ日が浅いから、もうしばらくは花送りはないと思っていたのに…。それに、国王陛下はオクタヴィアン様とは特に親しくしておいでのようだった。オクタヴィアン様が花園を出られたら、陛下はお寂《さび》しくないのだろうか）

ターシャはもう三十年、この後宮で暮らしている。口さがない若いお針子たちからは、後宮の生き字引などといわれているほどだ。たしかに、この後宮が花園と呼ばれる前からここに住んでいるのだから、ターシャが奥で知らないことはない。

けれど、そんなターシャでも、あの国王アイオリアの変わり様ほど驚かされたことはなかった。

（それにしてもあのお小さい王女さまが、あんなに素敵《すてき》な国王さまになられるだなんて…。ここに入ったころは思いもしなかったわ）

ターシャはアイオリアのことを思い出して、そっと顔を赤らめた。

彼女がはじめてアイオリアに出会ったのは、刺繍の腕《うで》を当時の寮長《りょうちょう》に認められて刺繍専門のお針子になったころのことだった。

ある日、今のように刺繍部屋で繕い物をしていた彼女の前に、小さな子供がひょっこりと顔を覗《のぞ》かせたのである。

『おまえは、だれ？』

ふいに幼い声で話しかけられて、ターシャは針で指を突《つ》き刺《さ》しそうなくらい驚いた。普段《ふだん》下働きの女中がつめる棟《むね》は王宮の最北側にあって、貴賓の方々が足を踏《ふ》み入れるようなところではない。なのに、なぜこんなところに貴族の子供がいるのだろう。

(王女さまだわ)

目の前にいる子供が王女アイオリアだと、ターシャは一目見て気づいた。

ターシャは鈴番をするような見目のよい女官ではないから、みんなが噂をしているような「黒い髪の東ふうのお顔立ちをした王女さま」をお見かけしたことはなかった。けれど、彼女の仕事場までも、その髪の色から王妃《おうひ》さまがひどく折檻《せっかん》なさっているらしいこと、王家のどなたにも似ていらっしゃらないことなどは伝わっていたのだ。

『ここはどこなの…。なんだかオリエのしってるところとちがうよ…？』

オレンジ色の両目にいっぱい涙《なみだ》を浮かべてべそをかくアイオリアが愛らしくて、ターシャはついつい貴《とうと》い方々に自分から声をかけてはいけないという禁を破ってしまった。

『まあ王女さま、どうなさったのですか。どうしてこんな所までいらっしゃったのです？』

『い、いとこどのをさがしてるの』

ひっくひっく喉《のど》を震《ふる》わせているアイオリアを落ち着かせようと、ターシャは今日昼食代わりに配給されたリンゴを拭《ふ》いて渡《わた》した。喉が渇《かわ》いていたのか、アイオリアはだまってリンゴを食べ、やがてぽつりぽつりと話し出した。

『いとこどのとかくれんぼうをしたの。そしたらね、いとこどのはオリエがオニになったらぜったいにキティをみつけられないっていうの。だから、オリエはぷんぷんってなって、いとこどのをみつけることにしたの。でもね…、でもね…

みつけられないの』

ターシャは苦笑いをした。どうやらこの小さな王女さまは、従姉妹姫《いとこひめ》に「オニをやっても絶対に見つけられない」と言われたのが悔《くや》しかったらしい。ムキになって捜し回っているうちに、こんなところまで来てしまったというのだ。

『では、わたくしといっしょに冬宮へもどりましょうか。だいじょうぶですよ、このターシャがお連れしますから』

『いとこどの、そこにいるかな』

『さあ、戻《もど》りながらお捜ししてみましょう。それにしても、殿下《でんか》はいったいどちらからいらっしゃったんですか？』

ターシャは不思議に思っていたことを聞いてみた。使用人棟《とう》と王宮の間はたったひとつの廊《ろう》下《か》で結ばれており、そう簡単に迷い込んで来れるはずがないのだが……

『あっち』

　アイオリアが指を指したのは、中庭へと続く垣根《かきね》だった。背の低いアイオリアではたしかに隠《かく》れて見えないだろう。

「ふふ、なつかしい……」

　ターシャはふと思い立って、すぐに使用人寮へ戻るのをやめ、廊下に出てあのときアイオリアと話をした踊《おど》り場の絵の前に向かった。

　もう十六年も前のことをまだターシャが覚えていたのは、あのときアイオリアと交《か》わした会話がとても印象的だったからだ。

「そうだ。たしか、冬宮のいちばん奥の階段だったわ」

　ターシャは衣装寮の建物を出ると、あの日アイオリアと二人で歩いた廊下をたどって冬宮までやってきた。

　冬宮は、エスパルダ王宮の中でも最も古い建物だ。始祖オリガロッドの時代に建てられたものがそのまま残っていると言われ、天井《てんじょう》が低く開かない扉《とびら》やいわくつきの部屋が数多く存在する。この時間は、蠟燭を継《つ》ぎ足しにやってくる女官以外はめったに人が来ることはなかった。

「そう、ここだわ」

　ターシャは、階段の踊り場でふと足を止めた。

　あの日、たしかこの踊り場にかかっている絵を見て、アイオリアが指を指したのだ。

『あれはなに？』

『あれは、ドラゴンですよ』

アイオリアは怪訝《けげん》そうに小首をかしげた。

『どらごん…。どこに住んでいるの、きっぷりんのおともだち？』

ターシャは笑って首を振《ふ》った。

『遠い、遠いところです。夢を見終わったら、わたしやオリエ様が行くことができるさいわいの国のことです』

それから、あわてて付け加える。

『そうそう、赤い竜《りゅう》はリンゴが好物なんですよ』

あのとき、アイオリアはどんな顔をしていただろう。何度も思い返したことなのに、もうターシャにも昔のことすぎてはっきりと思い出せない。


（夢を、見終わったら――）


それからも、ターシャはずっとアイオリアを陰《かげ》から見守り続けた。

あの日、刺繍《ししゅう》部屋に迷い込んできたかわいらしい王女様は、十六年の月日の間に人の妻になり、そしてこの神聖パルメニア王国の国王となられた。

なぜか、再びこの王宮に戻られてからはいっさい女性ものの衣服をお召《め》しにはならなかったが、すらりと伸《の》びた背丈《せたけ》にサーコウトはよく映《は》えて、女性と知りながらもターシャですら赤面してしまうほどだった。

ふとした思いつきで、アイオリアのサーコウトにあの赤いドラゴンの刺繍を施《ほどこ》したのもターシャだった。それが思いの外アイオリアに評判がよく、褒賞《ほうしょう》に金貨を与《あた》えられたときは、あのアイオリアも変わっていないところがあったのだと嬉《うれ》しくもなった。

きっとアイオリアはドラゴンの話をしてくれたお針子がいたことなど、すっかり忘れてしまっているに違《ちが》いない。

それでもいい。

身分階級の厳しいパルメニアでは、国王となったアイオリアとターシャがあの日のように言葉を交わすことは考えられなかったし、ターシャは彼女の前では顔もあげられぬどころか同じ部屋にいることさえできない身分だった。

（そんな、国王陛下と言葉を交わすなんてめっそうもない！）

ターシャは首を振った。

なにか特別なことが起きなくてもいいのだ。いまのままで十分ターシャは幸せだった。

王宮にあがって三十年、王宮の主《あるじ》が替《か》わろうと花園《はなぞの》の花が咲《さ》いて散ろうと、ターシャのまわりから美しいものが失われることはなかった。そして、その限られた美しさをターシャはだれよりも愛していた。絹にレースに鮮《あざ》やかな色とりどりの刺繍糸…、宝石箱のような庭に色とりどりの花々、花に戯《たわむ》れる美しい織物のような蝶《ちょう》たち。

無学で生まれの良くない自分に、これ以上の望むことはあるだろうか……

「でも、わたしもいよいよここを出て行かなくてはならないんだわ」

ターシャは踊り場のドラゴンの絵を見上げながら、ひっそりとひとりごちた。

最近、目が悪くなってきたらしい、とターシャは感じるようになっていた。

刺繍部屋での仕事は普段から目を酷使《こくし》する。数年前から、ターシャは目を凝《こ》らすとすぐに視界がかすむようになってきていた。それもそのはず、ターシャはもう今年で五十になるのだ。歳《とし》からいっても足腰《あしこし》や目が弱ってくるのはしかたがない。

近いうちに、後宮を出ていかなくてはならない。

(目の見えないお針子なんて用無しだもの。わたしは三十年ぶりに家に帰るんだわ)

〝家に帰る〟

不思議な感じだった。それもそうだ。ターシャはもう人生の半分以上をこの花園で暮らしてきたのだから。

もう長い間実家に連絡《れんらく》を取っていないけれど、自分を迎《むか》え入れられる余裕《よゆう》があるかだけでも聞いてみなければならない。幸い、近々オクタヴィアンの花送りがある。愛妾《あいしょう》とともにここを辞《や》めればいくらか祝い金をもらえることになっている。実家に戻ってもすぐに邪険《じゃけん》にされることはないだろう。

この三十年勤め上げた花園のもっとも華《はな》やかな時期に去ることができるのは、王宮の女中として幸せなことに違いない。

ターシャには悔《く》いはなかった。

ただひとつ心残りがあるとすれば、それはついにアイオリアのために女ものの腰帯《こしおび》が縫《ぬ》えなかったことだ。

(できることなら…、とてもおそれおおいことだけれど、わたしの刺繍した腰帯をアイオリア様につけていただきたかった。こんなことを思うのは不敬なことかもしれないけれど、あの方はとても愛らしい王女さまだったのだもの)

けれど、それもターシャのひとりよがりな感傷にすぎないのかもしれない。

ターシャは首を振って、その踊り場の階段をあとにした。それ以上の詮索《せんさく》は、たとえターシャの心の中だけでもすべきではなかった。

ターシャは早足で歩いた。もうすっかり日は落ちきって、火の番が回ってきていない冬宮には灯《あか》りがなく、足下《あしもと》もおぼつかない。

と、そのとき、ターシャは近くの部屋から人の話し声がするのに気づいた。

(話し声、こんな時間に…?)

ここ冬宮の西の端《はし》は、花園ができてからは日当たりが悪く、また建物自体が古いのでめったのことでは利用されない。それに話し声の聞こえてくる部屋には、必ずいるはずの鈴番《すずばん》の女官もいないようだ。

(こんな人目を忍《しの》ぶふうにしてどうしたのかしら。いったい中にはどなたが)

ふと好奇心《こうきしん》に負けて、彼女は鈴番のいないのをいいことにそっと部屋に近づいた。

ところどころ床《ゆか》に敷《し》き詰《つ》められた嵌《は》め木《ぎ》が浮《う》いているのが気になる。彼女はそれを踏《ふ》まないように気を付けながら、声のするほうへじっと耳を寄せた。

「あれから…、よくよく私なりに考えてみたのですが」

彼女は不審《ふしん》に思った。

(殿方《とのがた》の声だわ。この後宮に、なぜ…)

ターシャは細心の注意を払《はら》ってタペストリーを少しずらした。どうやら、中には二人いるらしい。ここからでは二人の顔は見えないが、しゃべっているのは手前の若い男性のようだ。それにしても奇妙《きみょう》な部屋だった。お針子部屋でもないのに足元じゅうに白い布きれがちって、床石が見えない。

ターシャは息を吸うのも忘れて、もっとよく中を見ようとした。

(あ——)

背の高い男だった。声はあまり聞いたことがなかったが、すぐに男の見事な銀髪《ぎんぱつ》が目に入った。きっかり耳の下あたりでそろえられ、一房《ひとふさ》だけ長く後ろで結《ゆ》わえられている。

男は見たことのない服を着ていた。白い僧衣《そうい》のような…、あきらかに王宮の兵士が身につけるものではない。

(侍従《じじゅう》、じゃない…?)

男が向いている先に、もう一人誰《だれ》かが立っていた。ここからではいろいろなものが邪魔《じゃま》になってはっきりとはわからないが、かろうじて衝立《ついたて》の向こうに黒い頭を見ることができた。長い

いる髪型だ。

髪《かみ》を後頭部の高い位置でひとつに束ねて馬のしっぽのようにしている。アイオリアがよくして

(国王陛下⁉　まさか)

それに、彼女が着ているサーコウトの刺繡。あの背中の赤いドラゴンは、ターシャ自身がデザインして刺繡をしたものだ。見間違《みまちが》うはずはない。

(あの方は国王陛下だわ。こんなところで誰とお会いになっているのかしら。あ——)

銀髪の男が、ふいに口を開いた。

「やはり、こういうことになってしまった以上、不本意ながら私はあなた様の情人という立場にならざるを得ないかと思われます」

(えええっ⁉)

ターシャは思わず声をあげそうになって、慌《あわ》ててそれを呑《の》み込んだ。

(じ、じょうじんって、情人って…、いったいどういうこと⁉)

硬直《こうちょく》しているターシャの視線の先で、銀髪の男が言いにくそうに顔をそむけた。

「むろん、わたくしはあなた様のご意向に従うつもりです。もし、わたくしなどとこ、い、い、関係にあったことを公表することをあなたがお望みでないのなら…。しかし陛下、わたくしは——」

なぜかアイオリアはずっと窓の方を向いたまま、男の顔を見ようともしない。

「おとがめは、覚悟《かくご》の上でしたことです」

ターシャはタペストリーからそっと手を離《はな》すと、後ずさるようにしてその場を離れた。

(た、大変なことを聞いてしまった——！)

彼女は口元を両手で押さえながらひたすら廊下《ろうか》を走った。頭の中がかきまぜられたようで、自分でもどこをどう走っているのかわからなかった。

(ど、ど、ど、どうしよう!?)

ターシャは自分の部屋に駆《か》け込むと、急いで水差しから水をくんで飲み干した。顔が熱をもったようにほてって赤い。

「ターシャさん、おかえりなさい」

中にいたエニーが言った。彼女はお針子部屋の同僚《どうりょう》だ。彼女もまた今の花園《はなぞの》の流行にあわせて、女官たちに負けじと余ったレースのきれっぱしを自分のペチコートにせっせと縫いつけて増やしている。

「どうかしたんですか。走ったりなんかして。また衣装寮のフリベラに怒《おこ》られますよ」

ものすごい勢いで飛び込んできたターシャに、エニーが怪訝《けげん》そうに言った。

「そ、そうね。そうだったわ」

王宮の廊下はすり足で歩くもの、そんな基本中の基本なことを忘れるほどターシャは動揺《どうよう》していたのだ。

ターシャはとすんとベッドに座り込むと、惚《ほう》けたような顔で言った。

「…ねえエニー」

「はいぃ？」

「あなたたしかきのう、陛下が男の愛妾をもたれるという噂《うわさ》が女官寮《りょう》で広がっているって言ってたわよね」

ターシャは昨日の晩、ちょうど今のようにエニーがペチコートを縫いながらそんなことを言っていたことを思い出した。

王宮に勤める女性の大半は年若い娘《むすめ》だ。そういう年頃《としごろ》の娘たちはとにかくうわさ話が大好きで、よるとさわると仕事もうっちゃっておしゃべりに花を咲《さ》かせている。

普段《ふだん》のターシャなら、彼女たちの間で流行《はや》っていることなど見向きもしないところだった。だが、なぜかアイオリアに関することだけは耳がひろってしまうらしい。

エニーは手を動かしながら頷《うなず》いた。

「ええ、たしかそんなことも言いましたっけね。陛下とオクタヴィアン様が冬宮でお話になっているときに鈴番をしていた娘が、たまたまあたしの知り合いだったんで」

「あれ、本当だったんだわ」

「はあ？」

「陛下に男性の愛人がいるって…」

「えぇー、そんなまさかぁ」

ターシャはいくぶん青ざめてつぶやいた。

「なにをかくそう、わたし、いまそこで見ちゃったのよ…」

「見たってなにを？」

「陛下が、見知らぬ男と逢《あ》い引《び》きしてるのを」

思いがけぬ言葉に、エニーの手からペチコートだけが膝《ひざ》に落ちた。

「えっうそっ」

そして、彼女はそのまま針を突《つ》き刺《さ》し、

「あ痛――っ!!」

その悲鳴が、今回の騒動《そうどう》の華麗《かれい》なる幕開けとなったのだった。

＊

花園に、かつてない衝撃《しょうげき》が走った。

第一夫人オクタヴィアン＝グリンディ侯爵《こうしゃく》夫人の勇退にくわえ、代わりに花園に男の愛人が入ってくるらしいという噂は、風よりも速いという女の口を伝ってあっというまに花園中に知れ渡《わた》った。

もちろんこのことは、今現在の花園の住人である第二夫人クラウディア＝ファリャ公爵令《こうしゃくれい》嬢《じょう》を始めとする愛妾《あいしょう》一同にも寝耳《ねみみ》に水だった。

「いったいどうなっているのでしょう」

「男のお花さんなんて、前代未聞《みもん》だわ⁉」

「いったいどなたが愛人候補なの。まさか師団の団長のだれかが……」

ことの真相を問いただそうと、彼女たちはすぐさま手分けして元凶《げんきょう》であるアイオリアを捜し回った。だが、おかしなことに王宮中のどこを捜しても肝心《かんじん》のアイオリアは見つからない。

そうして、皆《みな》がすわまた薔薇《ばら》の騎士《きし》かと頭を抱《かか》えていたとき、新たにとんでもないものが見つかった。

アイオリアの書き置きである。


〝絶対捜さないでください〟


続いて、先頃引退を発表したばかりのオクタヴィアン゠グリンディ侯爵夫人から、次のことが発表になった。

「突然《とつぜん》ですが、わたくしたちは国王陛下とかくれんぼうをすることになりました」

優美が服を着たようなと称《しょう》される侯爵夫人は、呆然《ぼうぜん》としている女官七百人の前で、きっぱりとこう言い切った。

「これにはわたくしの花園引退がかかっています。もし、陛下がかくれんぼうに勝てば、わたくしは花園にのこらなければなりません。しかし――」

語尾《ごび》を強めて彼女は続けた。

「これから三日の間に、もし陛下を見つけることができたら、その者がどんな身分であっても、性別家柄《いえがら》問わず、わたくしの代わりに新たな愛妾として花園へ迎《むか》え入れられることを、わたくしはここにお約束致《いた》します」


「かくれんぼうですって!?」

その張り紙を見た誰もが困惑《こんわく》を隠《かく》せなかった。ご丁寧《ていねい》にもアイオリア自身の紋章《もんしょう》を刷り込んだ羊皮紙には（つまりこれは公式に残される書簡ということになる）、「かくれんぼうで勝ったものの言い分をきく」とはっきり書かれていたのである。

女官たちはくちぐちに噂し合った。

「つまり、陛下を見つけられた者が、オクタヴィアン様の後釜《あとがま》に座れるってわけよね！」

そう聞いて、彼女たちは奮い立った。しかし、すぐさま別の声があがる。

「え、でもじゃあ例の噂の男の愛人は？」

「そうそうそれよ。くさいわよね。わざわざ『性別』家柄問わずって言ってるってことだから……」

「このかくれんぼうって、案外その男の愛人をすんなり花園に入れるための下工作だったりして」

「つまり、出来《でき》レースってこと?」

「でも、陛下が逃《に》げているってことは、陛下は男の愛人なんて嫌《いや》がられてるってことでしょう?」

「噂では、グリンディ侯爵夫人が陛下に男の愛人をもつように迫《せま》ったらしいわよ」

「ウッソ〜、やだ、なにそれホント?」

「信じらんない」

「陛下が男のものになるなんてぜったいにいや〜」

「わたしも、許せないわ!」

「わたしも!」

「わたしも!」

いつのまにか会合の人数はどんどんふくれあがり、知らない人間まで混じっているのだが、興奮した女官のお嬢《じょう》さんがたは気が付かない。

「こうなったら、出来レースでもなんでもみんなで力を合わせて、陛下をその男妾《おとこめかけ》より先に見つけるしかないわ」

「そうよ!」

「それしかない!」

それは、後宮中が一致《いっち》団結した美しい瞬間《しゅんかん》——のように見えた。

が、内心だれもがこう思っていたのだった。

「絶対わたしこそが次のお花さんに!!」

――こうして、後宮に住む女たちのほぼ全員がオニという、すさまじくアイオリアには不利なかくれんぼう劇がはじまったのである。

＊

「もう、いったいどうなっているのよこれは!?」

最近めっきり女らしくなったと評判の第二夫人クラウディアが、日頃の鍛錬《たんれん》の成果をかなぐり捨てて叫《さけ》んだ。

「陛下に男の愛人ですってぇぇぇぇ。そんなことぜったいにぜったいにぜったいに認めないんだから!!」

「だからって、なにもあたしたちが女官の格好をすることはないんじゃないの?」

いきり立つクラウディアの側《そば》で、第八夫人のアデライードがうんざりしたように言った。

今、二人は蠟燭《ろうそく》の明かりを片手に、人気のない冬宮までやってきていた。

かつて〝奥〟の中心であった冬宮は、ガラスばりの天井《てんじょう》のある部屋がまるで氷の宮殿《きゅうでん》のように見えるというところからこの名が付いたと言われている。本来ならば国王の家族や王族が暮らす宮だが、アイオリアが花園《はなぞの》をつくってから後宮の中心はそちらにうつり、今ではすっかり寂《さび》れてしまっていた。

クラウディアのあとを律儀《りちぎ》についていきながら、アデライードはしみじみと自分の今している格好を眺《なが》めた。

二人は揃《そろ》って髪《かみ》を後頭部でまとめ、レースのついた巾着《きんちゃく》の中に入れるという一風変わった髪型をしていた。身につけているお仕着せもピンク色のサーコウトで、刺繍《ししゅう》のついた緑色の腰帯《こしおび》を後ろで蝶々《ちょうちょう》のようにして結んでいる。

早い話が、女官に化けているのだ。

「ねえ、クラウディアってば、女官の格好なんかしていったいどこへ行くつもりよ」

「しーっ、静かに。今日は女官寮《りょう》で特別な集会があるのよ」

クラウディアが口の前に指を立てて言った。

「なにをかくそう、今日は〝私もアイオリア様の花園に入り隊〟の会合の日なの」

「は？」

アデライードは目を丸くした。

「…その〝私もアイオリア様の花園に入り隊〟って、なに？」

「この後宮最大の派閥《はばつ》よ」

クラウディアはどこか悔《くや》しそうに歯ぎしりをした。

〝アイオリア様の花園に入り隊〟

それは、この後宮に仕える女官たちの会の中でも最大にして最強の規模を誇《ほこ》る同好会の名前である。

この奥と呼ばれる部分には、国王の生活する〝鷲《わし》の目〟宮や花園のほかに、千人以上いると言われる使用人たちの暮らす女官寮がある。

この後宮でもっとも情報を握《にぎ》っているのが、この鈴番《すずばん》や着付けを手伝う見目の良い女官たちだ。彼女たちの多くは地方の領主や豪農《ごうのう》の出身なので、この王宮内で起こった事件は飛脚《ひきゃく》よりも速くパルメニアの末端《まったん》まで伝わるといわれているほどだった。

そのような女官たちの間では、同好の楽しみをもつもののために会などが開かれる場合もある。

〝アイオリア様の花園に入り隊〟は、その中でももっとも過激といわれている集団だった。

アイオリアが即位《そくい》して二月後に発足《ほっそく》したこの会は、ぬけがけ厳禁・会費は現金を合い言葉に、後宮内だけではなく王宮外にも多くの会員を抱《かか》えている。そして今現在は、アイオリアに憧《あこが》れる貴族の夫人方や令嬢を含《ふく》めばなんと総会員数千人以上という、エドリアの商人組合もびっくりな一大巨大《きょだい》組織にまで発展した。

入会資格はただひとつ。「アイオリアを熱烈《ねつれつ》に愛していること」ただこれのみ。

主な活動はアイオリアの身辺調査と、その報告をまとめた会報の発行。月に一度は全体集会が行われ、それ以外にもひたすらに柱の陰《かげ》からアイオリアを愛《め》でまくる〝柱の陰〟会など、小さな単位でそれぞれに活発に活動を行っている。

「女官たちの情報網《じょほうもう》は侮《あなど》れないわ。きっとその会合で、陛下の隠れ場所も男の愛人についての情報も聞けるはずよっ」

と、親指の爪《つめ》をギリギリ噛《か》みながらクラウディアは言った。

もし、クラウディアの言うとおりなら、パルメニア中に実家と縁故《えんこ》をもつ彼女たちがなんらかの情報をつかんでいても不思議ではない。むしろ、その〃アイオリア様の花園に入り隊〃の情報力をもってすれば、この世でできないことはないような気さえしてくるから不思議だ。

「ああ陛下はこのクラウディアを置いてどこへ行かれてしまったのかしら。いいえきっとこれはだれかの陰謀《いんぼう》に違《ちが》いないわ、陰謀に決まってる！　陰謀だわ！」

あくまで自己の中心で勝手を叫ぶクラウディアに、アデラは呆《あき》れて言った。

「ねえクラウディア、あなた考え過ぎよ。相手は女官じゃないの」

「ばっかねえ。アデラ。女が集団になることほどこの世で怖《こわ》いことはないのよ。あんたが入ってくるときだって、あいつらになんて言われてたか知ってる？　赤い髪のエルゴーネごときがとか、養い親の手柄《てがら》をいいことに陛下をたぶらかしたんだろうとか、すっごいこと言われてたんだから！」

「たぶらかし…」

アデラは頰《ほお》を押さえた。どちらかと言えば〃たぶらかか〃されたのはアデラではなく、彼女の父親のほうだと思うのだが…

（そう言えば、ガイ、元気でいるかしら）

彼女はふと、最近めっきり面会にこなくなった父親のことを思い浮《う》かべた。

（いつになったらガイはあたしを迎《むか》えに来てくれるのかしら。オクタヴィアンもいなくなることになって、みんな自分を盗《ぬす》んでくれる花盗人《はなぬすびと》のことを考えてるっていうのに…）

養父である第二師団長ゲイリー＝オリンザのことを思うと、アデラは自然とため息が多くなる。

こっそり嘆息したアデラの側で、クラウディアがなにごとかを決意したらしく力強くガッツポーズをしていた。

「最近は女官あがりの花がいないぶん、今度という今度はぜったいに自分たちの派閥から花園入りさせたいと思っているに違いないのよ。だって最近あの娘《こ》たちのペチコートったらスゴイのよ。普通《ふつう》に五段とかあるんだから！」

「ねえ、それと今回のこととどういう関係が…」

「だって許せないじゃないの！　そんな、下着とかを陛下に見せつけて気をひこうとするなんてはしたない、女らしくない、ぜったいぜったいそんなのゆるせなーい！　阻止《そし》よ、阻止」

「えーっと…」

アデライードは真剣《しんけん》に思った。

（問題なのは、そんなことで気をひけちゃうオリエのほうにあると思うんだけど…）

「とにかくっ、今からその集会に乗り込んで情報を盗んでやるのよ。〝入り隊〟の連中は、毎週この時間に女官寮の二階はじで怪談《かいだん》大会をやってるはずだから」

「か、怪談大会⁉」

　クラウディアの思わぬ言葉に、アデライードはぎくりと足を止めた。彼女はツンと顎をそらして言った。

「そうよ、とくにこの冬宮は古い建物でしょ。今でもごくたまーに見かけるらしいわよ」

「み、見かけるって…、なにを…」

頬がひきつりぎみのアデラに向かって、クラウディアが手首をだらりと下げて見せる。

アデライードは勢いよく体を反転しかかった。

「あ、あたし、帰る！」

「あらアデラ、あなたおばけが怖いのね」

クラウディアはけらけら笑った。

「だいじょうぶよ。たしかにそういう噂《うわさ》はあるけど、わたくし、いままで一度もそのおばけさんとやらにお目にかかったことないもの。単なる迷信《めいしん》よ」

「うそおおっ、ほら、そこなにかいるじゃないっ」

クラウディアはアデラの指さしたほうに蠟燭の灯《あか》りを掲《かか》げて見せた。深い色のびろうどで覆《おお》われた壁《かべ》ぎわに、なにか肖像画《しょうぞうが》のようなものが見える。

「なんだ、絵じゃないの」

クラウディアの肩《かた》をつかんでいたアデラは、ほっとしたように力を緩《ゆる》めた。

冬宮の一階にある長い廊下《ろうか》には、歴代の王と王家に関《かか》わりがあった人物の肖像画が、その代ごとに飾《かざ》られている。今現存する中で一番古いものは六代目のバーミヘッジ王のもので、始祖の時代はいまのような水に強いユトピン絵の具が使われていなかったため、一枚も残っていないといわれていた。

「この肖像画はたいてい亡《な》くなったあとに飾られるっていうから、まだ陛下の分はないわね。…ああ、これはアジェンセンのルシード王とメリルローズ妃《ひ》ね。あの写実画家のフロデ作だって言われているわ」

さすがに名門の令嬢なだけあって、クラウディアは立て板に水を流すようにすらすらと解説してみせる。

「有名な詩にもあるけど、こう見るとメリルローズって本当に銀細工の妖精《ようせい》ね。宮廷《きゅうてい》画家だったフロデが彼女に会ったとたん、ほかのものをいっさい描《か》かなくなってしまったらしいから」

「ふうん…」

アデライードは、メリルローズの絵を見上げた。金色の額縁《がくぶち》に納められたメリルローズはまさに銀色の妖精のようにはかなげで、アジェンセン王家ののっとりを最小限に押さえ、夫と共にパルメニアを共同統治した女傑《じょけつ》にはとても見えなかった。

「綺麗《きれい》な人ねえ」

「そうね…」

「ちょっとゲルトルード様に似てるかも」

次に、クラウディアはその隣《となり》に飾られている絵に灯りをあてた。反対に夫の征服《せいふく》王ルシードのほうは、黒い髪《かみ》といい赤っぽい目といいどことなくアイオリアに似ている気がする。

(きっと陛下には、祖父方の血が色濃《いろこ》く出たんだわ)

「なんだかこうして並んでいると、陛下と大公殿下《でんか》がご夫婦《ふうふ》になったみたいね」

「あら、そういえばそうね」

アデライードは先刻の怖さも忘れたように、足早にその先へ歩いていった。

アイオリアの曾祖父《そうそふ》にあたるゾルターク（彼は艶福家《えんぷくか》だったようで、寵姫《ちょうき》の絵がなんと十二枚もあった！）の前を通り過ぎ、その先代のエンポリオI世の肖像画の前までやってくると、二人はまた足をとめた。

「最初の王妃ダージネア、二番目の王妃ベルトーニア、三番目の王妃ヴィクターナ…。この方、ずいぶんたくさん奥様を娶《めと》られたのねえ」

隻眼王《せきがんおう》ミルドレッドの甥《おい》であるエンポリオはなぜか妃に恵《めぐ》まれず、生涯《しょうがい》六人の王妃を娶ったが誰一人《だれひとり》として長生しなかった。そのことに悩《なや》んだ彼が、わざわざ名門から迎えた花嫁《はなよめ》を愛妾《あいしょう》のままにしておいたというのは有名な話である。

「そして、隻眼王ミルドレッドII世…」

身辺華《はな》やかだったゾルタークと、正妃だけで六枚の絵に囲まれたエンポリオとは対照的に、彼の養父であるミルドレッドII世の代は質素だった。

大変な美男であったことで知られているミルドレッドだが、彼もまた身内に縁《えん》が薄《うす》い。

「あら。彼の代は、たった三枚だけなの？」

クラウディアが驚《おどろ》いたように言った。

そこに飾られていたのは、特に大きくもない三枚の女性の肖像画だった。それぞれに短い題が付けられており、一番右端《みぎはし》の絵には古い言葉で〝僕の絆《きずな》〟という題が見える。おそらく、彼の親代わりであったと言われている姉姫ビクトワイアだろうと思われた。

「こっちのエシェロン風の女性が、あのセルマゲイラ妃ね」

「ああ、あのカリスの王だったっていう…」

中央の〝僕の愛〟と題されたその絵には、きりりとした目元にカリスらしい青々とした髪の美女が描かれていた。ミルドレッドが生涯愛を貫《つらぬ》いたと言われている、大エシェロンの女皇セルマゲイラ＝イル＝パシャンだ。

「あの大暗黒以降、純粋《じゅんすい》なカリスはいなくなっちゃったって言われているけど、ほんとうにこんなふうな青い髪をしていたのねえ」

セルマゲイラは、当時エシェロンによって弾圧《だんあつ》されていたサファロニア人への規制をゆるめ、その跡を継《つ》いだ息子《むすこ》のオシリスと二代にわたって大改革を行ったことでも知られている。

「えーっと、それからこっちは…」

順番に見ていたアデライードは、セルマゲイラの隣の女性像をみて首をかしげた。

「で、これは誰…？」

幾分《いくぶん》そっけない額縁で飾られたその人物画は、ほかの二枚よりあきらかに華《はな》やかさに欠けていた。

描かれている人物の肌《はだ》は蜜《みつ》のように光沢《こうたく》があり、目鼻立ちもくっきりとしているが、焦《こ》げ茶色の髪や顔つきはどう見てもパルメニアの貴婦人には見えない。

付けられた題は、〝僕の渇仰《かつごう》〟。

「渇仰……」

「どうやらエドリア人みたいね、この女の人」

そっけなくクラウディアは言った。

「ミルドレッド王については謎《なぞ》が多くて、いまだにわかっていないこともたくさんあるっていうわ。とにかく用心深い人で何十人もの影武者《かげむしゃ》がいたっていわれているし、一説では黒魔術《くろまじゅつ》に通じていて、親友のエルゼリオ＝サルナードの魂《たましい》を悪魔と取引したともいわれているのよ。自分の左目と引き替《か》えに、永遠の命を得たとも」

「黒魔術……」

アデライードは、美男子だがどこか冷薄《れいはく》さを感じさせるミルドレッドの顔をぼんやりと見上げた。

(どうしてこの絵の人がミルドレッドの渇仰なんだろう。妻でも肉親でもない相手を激しく敬い、崇拝《すうはい》していたなんて、どうして…)

いくら灯りを高くかかげても、それ以上アデライードが望んだ真実は浮《う》かび上がっては来なかった。

「なんだか不思議ね。少し前まではこの方たちはこの城に住んでいたのに、今はだれもそのことを知らないなんて…」

言いながらさらにその先に進もうとして、アデラはふと足を止めた。

(もう、いない…)

そう、かつて彼らは確かにこの城に存在していた。

だが、今はもういない。

誰も、見たことも会ったこともない。

アデライードがごくりと唾《つば》を飲んだ。ここに飾られているのはそういうものなのだ。——とっくに冥界《めいかい》の住人になった人々の顔…

「っっ…」

アデライードは、廊下の先のほうに灯りを向けた。この長い長い廊下の先が、まるで過去へと続いているように思えてならなかった。

彼女はぶるりと背筋を震《ふる》わせた。

「ね、ねえもういいじゃない。帰りましょうよ」

アデラはしげしげと絵を見ているクラウディアの袖《そで》をひっぱった。

「だいたい女官寮《りょう》はあっちじゃない。どうしてこんな奥まできちゃったのよ」

「それは、例の陛下と男が密会をしていたっていう部屋がこの先だからよ。ほらもしかしたら、人気のない場所に陛下といっしょに隠《かく》れているのかもしれないし…」

「まさか!」

アデライードは大きな声を出した。

「この後宮に男が住んでいるはずないじゃない！」

「わからないわよ。だって現場を見たっていうそのお針子は、たしかに銀髪《ぎんぱつ》の男と陛下がしゃべっているのを見たわけでしょ」

「でも……」

そのとき、

がさり。


「⁉」

たしかに人の気配と物音が、なにもないはずの夜陰《やいん》に響《ひび》いた。

アデライードは、慌《あわ》ててクラウディアの肩《かた》をつかんだ。

「ね、ねえさっき、なんか音…しなかっ……」

がさがさがさっ

「ひっ」

「やっぱり！」

アデライードとクラウディアはどちらからともなく抱《だ》きついた。二人して恐《おそ》る恐る物音の下方に首を向ける。

「なにさっきの」

「ね、ネズミとかじゃないの…？」

アデライードがごくりと唾を飲み込んで、手に持った灯《あか》りをかかげてみると――


「誰だ！」


男の声だった。

「ひゃあああああ!!」

「きゃああああああああああ!!」

二人は抱き合ったままほとんど反射的に叫《さけ》んだ。

アデライードは逃《に》げ出したくなる衝動《しょうどう》をどうにかおさえつけて、恐る恐る灯りのほうを見た。たしかに男だ。まぶしそうに顔に手をかざしているため顔はよく見えないが、パルメニア人にはめずらしい薄い金髪をしている。

男は黒い騎士服を身につけ、なにやら食べ物らしきものを腕《うで》いっぱい抱《かか》えていた。アデラは、しがみついてくるクラウディアを押しのけるようにして、男に向かって灯りを突《つ》きつけた。

「だ、だれなのっ」

「――くっ」

灯りに驚いたのか、男は慌てて身を翻《ひるがえ》した。そのときに見えた顔を見て、アデラはあっと息を呑《の》んだ。

(紫色の双眸《そうぼう》!?)

彼女たちが声をかける間もなく、男は闇《やみ》の中に忽然《こつぜん》と姿を消した。

アデラは床《ゆか》になにかが転がっているのを見つけた。男が逃げ出した拍子《ひょうし》に、腕に抱えていたリンゴが床に落ちたのだ。

(夢でもない、おばけでもない…)

アデラは言った。

「……ね、ねえさっきの人」

「えっ」

「どっかで、見たことなかった…?」

クラウディアが怪訝《けげん》そうに眉《まゆ》を顰《ひそ》める。

「そ、そうかしら?」

「そうよ!」

(だれだったかは思い出せないけれど、たしかに後宮に男がいた…。ということは)

足下《あしもと》に転がってきたリンゴを拾い上げて、アデラは呆然《ぼうぜん》と呟《つぶや》いた。

「やっぱり愛人の噂《うわさ》は、本当だったんだわ！」

＊

その夜、ナリス＝イングラムは〝鷲《わし》の目〟の宿直部屋で、ふと思いもかけず寝入《ねい》ってしまった。

国王の身の回りの世話をする侍従《じじゅう》は代々名門の家から選ばれ、まだ幼いうちに剣《けん》に誓《ちか》いを立てることになっている。もちろんアイオリアにも、慣例として八名の侍従が付けられていた。いずれもそうそうたる家柄《いえがら》の子弟《してい》である。

が、彼らには宿直以外の仕事が与《あた》えられることはほとんどなかった。

なぜなら、アイオリアが女性である以上、毎朝の着付けや洗面の仕事は国王付きの女官たちの仕事だったからだ。

さすがに着替《きが》えを手伝うわけにはいかなかったが、ナリスは今でも週に一度は宿直をこなしていた。彼はすでに筆頭侍従の任をとかれて、今年新しく編成された第三師団の団長を拝命したばかりである。宿直などせずともよい身分なのだが、もう十五年以上もそうしてきたせいか体がすっかり習慣になってしまっていた。

その日はアイオリアが失踪《しっそう》してから三日目の夜で、彼女が王宮にいないことは明らかだったが、生真面目《きまじめ》なナリスはいつものように帯剣《たいけん》の宣誓《せんせい》をしてから当直についた。

本人はまったく普通《ふつう》に続けていることだが、この彼の行動を「未練がましい」ととる人間もいれば、草葉の陰《かげ》から激しく応援《おうえん》している不気味な集団もあった。もちろん本人はそんなことはまったく知りもしない。

(陛下、いったいどこに隠れてしまわれたのか…)

椅子《いす》に座ったとたん、重い肩当てのような疲労《ひろう》がナリスの体にのしかかってきた。

このところいらぬ噂に振《ふ》り回されて、さすがのナリスも気疲《きづか》れを感じていた。その上、宿直すべき寝室《しんしつ》にはだれもいないとあっては、つい気がゆるんでうとうとしてしまっても仕方がない。

やわらかい翼《つばさ》のような睡魔《すいま》が、ナリスの頬《ほお》に接吻《せっぷん》をしていく。彼はたちまちのうちに見えない扉《とびら》の向こうへと連れ去られた。

(ああ、あのころの…、ヒルデブラントの夢を見るのはひさしぶりだ)

毎日アイオリアをおぶって出かけたエメラルドのくずの森や、運命を変えるというシャンテリィの顔なし馬車。

いたずらな妖精《ようせい》がひそんでいるという金の手すりの階段、家令の腰《こし》にいつもぶら下がっている、どこの部屋のものかわからない古い鍵《かぎ》…

ああ、なんてなにもかもがやまぶき色に輝《かがや》いて見えるのだろう。すっかりと忘れていた。ナリスはうっとりと、その金色の泉に身を浸《ひた》していた。

そういえば、アイオリアはあの森でキップリンに会ったことがあると言っていたっけ…

（かくれんぼう、…そうだ、よく二人でかくれんぼうもした。あの方はかくれんぼうがお好きで、随分《ずいぶん》と隠れるのがお上手だった。見つからないように上手《うま》く隠れていらっしゃるのに、私が見つけることができないと頰をぷうっとふくらませてそっぽを向かれる。昔からそうだったのだ。きっと、私には本当のあの方を見つけることはできないのだろうな…）

「！」

交代の鈴《すず》の音で、ナリスは目を覚ました。

とたんに、目の前を覆《おお》っていたやまぶき色のカーテンが遠ざかる。

「ああ、いけない。眠《ねむ》ってしまっていたようだ」

ナリスは少し名残惜《なごりお》しげに眠りを手放すと、宿直室の椅子から立ち上がった。宿直の途中《とちゅう》で眠ってしまうなどいつもの自分らしくなかった。どうもあれこれ考えすぎて頭が疲れているのだろうか。

それというのもここ数日の間に、不思議なことがいくつも起こっているからだ。

まず、アイオリアが失踪した。

これがいつものジャックを伴《ともな》っての家出ならここまで大騒《おおさわ》ぎをしないのだが、今回ばかりは少し様子が違《ちが》う。筆頭愛妾《あいしょう》オクタヴィアン＝グリンディ侯爵《こうしゃく》夫人の口より、彼女を捕《つか》まえたものが新しい愛妾として花園《はなぞの》に迎《むか》え入れられることが明らかになったのだ。

しかも、身分性別を問わず、とある。

このことが明らかになってからというもの、後宮は毎日上を下への大騒ぎだった。女官たちは仕事をほったらかして普段は使われていない部屋の床板までをひっくりかえす有様だし、すぐさま実家へ手紙を書いたもの、家人を使って街の娼館《しょうかん》をしらみつぶしに回った者までいるという。

いいや、問題なのはそのことではない。

以前はどうだったのかは知らないが、アイオリアの後宮に関して言えばぶっちゃけだれでも入れるチャンスはある。次の席をめぐって後宮で騒動《そうどう》がおきるのは珍《めずら》しいことではなかった。

しかし、今回騒ぎを大きくしているのは、ほかでもないアイオリアに男の愛人ができたのではないかというとんでもない噂なのだ。

「いやそんなのは悪夢だ、気のせいだ、流言だ」

ナリスはキリキリと痛む胃を押さえながら呻《うめ》いた。

(そんなことが、あり得《う》るはずがないんだ。あの陛下があろうことか男にこっ、こっ、恋《こい》…っ、——をするなんて。花園にお、お、男を入れるなんて。おっ、お、おとこををを

彼は壁《かべ》に手をついてゼーハー息をした。近ごろこの話題のことを耳にするたび、呼吸困難で死んでしまいそうになる。

アイオリアに男の愛人ができたらしい——初めに噂を聞きつけたとき、ナリスはあまりの突《とっ》拍子《ぴょうし》のなさにすぐに信じることができなかった。

なぜなら、ナリスはひた隠《かく》しにしてきたが、彼とアイオリアの間には他人《ひと》に言うことのできない黒い絆《きずな》がある。

ナリスにはアイオリアの考えていることが、少しだけわかるのだ。

たとえば、意識して心の一番奥の扉を開けっ放しにすると、つながっているアイオリアの感情が、まるで大きな器《うつわ》から溢《あふ》れるようにして流れ込んでくる。だからナリスは遠く離《はな》れていても、彼女がいまどういう状態でいるのか（痛い思いをしているのか、それとも楽しんでいるのか）ということを目の前のものに触《さわ》るように知ることができたし、またその感覚を共感することもできた。あまりやりたくはないが、アイオリアがアンティヨールの歓楽街《かんらくがい》に出かけても、ナリスがすぐに店をつきとめることができるのも、こういうわけだからである。

だが、契《ちぎ》りの仲立ちをした神の性質によるのか、闇が濃《こ》くなるとこの作用は次第《しだい》に強くなる。夜などに、アイオリアが見ている夢が無意識のうちにナリスの意識の中に流れ込んでくることも一度や二度ではなかった。

夜眠っていると、突然《とつぜん》とてつもない息苦しさで目が覚める。そんなときはたいていアイオリアの悪夢を引きずって見ていて、夢の中で火の勢いがナリスの脳裏《のうり》を覆い尽《つ》くし、やがてやんわりとした指がのど元にからみついてくる。火の赤さと網膜《もうまく》の赤が重なって、視界が真っ赤に染まる。赤い誰《だれ》かの顔が見える。

唇が、ゆっくりと動く。

――そこで飛び起きる。

何度経験しても、あれだけは慣れるものではない。

そしてそんな夢を共有した朝はアイオリアのほうも見られたことを気づいていて、態度がぎこちないことも多かった。

しかしそんなつながりがあるのなら、今のアイオリアの居場所も、アイオリアが別の男に恋をしているかどうかということも、ナリスにはすぐにわかるはずだ。

なのに、

「まさか、まったく気配すらつかめないなんて…」

おかしなことだった。どんなに心を開け放っても針のように神経を研《と》ぎ澄《す》ましても、アイオリアの心の片鱗《へんりん》すら捉《とら》えることができない。まるで、命綱《いのちづな》がそこでぷっつりと切れてとぎれてしまったような感覚なのだ。

ナリスは困惑《こんわく》した。

こんなことは、いままでになかった。

いったいアイオリアはどこへ消えたのか。女官たちの噂《うわさ》するように、その男の愛人とやらといっしょにどこかに潜《ひそ》んでいるのか。

それとも、不審《ふしん》な男を冬宮の古い部屋で見たという目撃談《もくげきだん》のとおり、男をかくまっているのか。

あのアイオリアが、
男を、
愛人にする――

「ああだめだ死ぬ」

ナリスはテーブルに手をついてがっくりと項垂《うなだ》れた。

目眩《めまい》がする。ここ数日の間に起こることと起こることすべてが、あまりにもナリスの許容範囲《はんい》を超《こ》えているのだ。

始めに男を目撃したお針子は、見知らぬ服を着た銀髪《ぎんぱつ》の男だったと証言した。

だが第二夫人クラウディアと第八夫人アデライードの言によれば、不審な男は厨房《ちゅうぼう》の食べ物をあさっていて、しかもちらりと見たところ薄《うす》い金髪に紫色《むらさきいろ》の目だったと言う。

銀色の髪《かみ》に、紫色の瞳《ひとみ》。この組み合わせを聞いて、ナリスはひとつのいやな予感を覚えずにはいられなかった。

（もし、その愛人とやがらゲルトルード様に似ている男だったら……）

今いる愛妾の中で、第一夫人オクタヴィアン＝グリンディ侯爵夫人ほどアイオリアのことを知り抜《ぬ》いているものはいない。アイオリアの好みを知り尽くしている彼女が、ここぞとばかりにその愛人候補を推薦《すいせん》してきたのだとしたら……

あの最愛の従姉妹《いとこ》どのといってはばからないアイオリアが、そんなゲルトルードに似た男を見て、つい心をほだされてしまわないとも限らない。

あのアイオリアが……

あろうことか、花園で男と戯《たわむ》れるというのか。

あのアイオリアがコタルディなんかを着て、めくるめく……めくるめく陶酔《とうすい》の日々を……

「うわああああああっ、そんなああああああ、いやだあああああああやめてくださいいいいいい」

ものすごい想像をしてしまって、ナリスは乱心しかかった。

すると、扉の向こうで交代を告げる鈴が鳴った。

(はっしまった、もう交代の時間なのを忘れていた)

ナリスは大量の汗《あせ》をぬぐうと、剣帯《けんたい》を外していそいで部屋を出た。部屋の外には、彼と交代で入る侍従《じじゅう》が彼が出てくるのを待っていた。

「す、すまない。待たせてしまったようだ。後はよろしく頼《たの》む」

ナリスは灯《あか》りを彼に渡《わた》した。そのとき、オレンジほどの小さな灯りの中に浮《う》かび上がった侍従の顔にナリスはふと違和感《いわかん》を覚えた。

見かけない顔だった。ナリスが昔着ていた侍従のサーコウトを着ているが、それにしてはあまり貴族らしい雰囲気《ふんいき》がない。それにずいぶんと背が高い。アイオリアの侍従の中に、こんなに背の高い男がいただろうか。

「失礼だが、きみの姓名《せいめい》と出身地、爵位《しゃくい》は?」

名字を持たないものが多くいる時代において、出身地を聞くのは名前を聞くことと同じである。

ナリスがそう問いただすと、男はあからさまに不満気な顔つきで言った。

「人に名乗らせるときは自分から名乗れ。お前こそ誰だ。見ない顔だな」

明らかに格下の人間に乱暴なものいいをされて、さすがのナリスもむっとする。

（この侍従は…）

と、ナリスは男を注意深く観察した。

どこまで本気でいっているのか知らないが、この王宮の奥でナリスのことを知らないなど考えられない。明らかに怪《あや》しい。

「王宮の侍従がこの私の名を知らないはずがないだろう。さっさと爵位と名を名乗れ。言えないのか。それともなにか言えない理由でもあるのか」

ナリスはわざと挑発的《ちょうはつてき》に言葉を投げつけた。案の定、男は槍先《やりさき》のように目つきを鋭《するど》くしたが、

「けっ、やってられん。これだから貴族のボンボンは。お前こそこの王宮で俺を知らないなんてモグリだ」

と、吐《は》き捨てるようにいいつける。

「なっ」

ナリスはかっとなった。

「モッ、モグリはお前のほうだ」

「なんだと、お前がモグリだ」

「『っていうか、お前だれだ!?』」

男はナリスを押しのけ宿直室の中に入っていこうとする。

「ほら、どけよ。交代だろ」

目の前でバタンと乱暴にドアが閉められた。

「ま、待て！」

ナリスはあわてて中に飛び込んだ。ところが、部屋に戻《もど》った彼は暗闇《くらやみ》にぶつかって動きをとめた。

「!?」

さっき男が持って入ったはずの灯りがない。いや、それどころか男の姿そのものが消えている。

「まさか、たしかにここに入って…」

ナリスは目をこすった。急いで廊下《ろうか》の灯《ひ》を持ち出すと、部屋の中にもって入る。しかし、おかしなことにどこに掲《かか》げても男の姿はない。まさかアイオリアの寝室《しんしつ》に入ったのかと捜し回ったが、この部屋からいけるところにはどこにも男の姿はなかった。

「そんな…」

ナリスは灯りをもったまま硬直《こうちょく》した。

(たしかに、この部屋に入っていったはずなのに…)

彼は先程《さきほど》会った男の特徴《とくちょう》をよく思い出してみた。灯りが少なかったのではっきりとはわからなかったが、パルメニア人に多い焦《こ》げ茶色の髪に茶色の瞳だったような気がする。少なくともお針子やクラウディアたちが見たという、銀髪や紫色の瞳の例の男ではない。

しかも、扉《とびら》を開けたら消えていましたなんてどう考えてもおかしい。

「そっ、そんなはずはっ」

ナリスは慌ててそこら中を捜し回った。もぬけの空なことをわかっていて侵入者《しんにゅうしゃ》が堂々と入ってくるとは考えられなかったが、ナリスはとにかく頭の中に浮かんでくるいやな予感を打ち消すために必死で捜し回った。

しかし、とうとうネズミ一匹《ぴき》見つけることができなかった。

ということは、

「ということは、まさか…、お、おば…おば…」

ものすごく嫌《いや》な想像が、ナリスの頭の中を駆《か》けめぐる。

(おばけが!!)

ナリスは思わず机の上に灯りを放《ほう》り出すと、

「うわあああああああああああ、いやあああああああああああ、きゃああああああああああああああ」

——逃《に》げ出した。

＊

「ナリスが、例の謎《なぞ》の侵入者とやらに会ったって?」

王宮練兵場の中の、唯一《ゆいいつ》飲酒を許されている休憩室《きゅうけいしつ》で、ジャック＝グレモロンとゲイリー＝オリンザはまだ日の高いうちから酒を酌《く》み交《か》わしていた。

この半年の間、急ごしらえのパルメニアの正規軍はローランドに入れ替《か》わり立ち替わり訓練に出かけていた。常備軍が置かれたことによって師団が五つになり、兵員が再編成されたため、急いで師団をまとめあげる必要があったのだ。

この寄せ集めというか、身分も種族もてんでばらばらもいいところの師団をまとめるのに、ジャックもガイもたいへんな苦労をした。それでもアイオリアの注文は、この即席《そくせき》の正規軍を半年でまともに機能させるようにという容赦《ようしゃ》ないものだったから、二人は国のために働くという意識のない元農民や傭兵崩《ようへいくず》れを相手に、演習という名の戦争をしていたも同然だった。

そして、二人がそれぞれ率いる第一・第二師団は、今日北レスタンシアでの長期の訓練を終えてローランドへ帰還をはたした。こののち彼らは閲兵《えっぺい》を終え、王宮の練兵場を第三師団に明け渡したあと、彼らは久しぶりの休暇《きゅうか》に入ることになっている。

「よう、どうだった？」

「どうにもこうにも慣れんことばかりだ」

正直なところ、ジャックもガイも身も心もくたくただった。本当の戦争に行ったのならともかくとして、どこか手加減をしながら本番のまねごとをやるというのは、本番以上に疲《つか》れるものなのである。

「とにかく酒だ！」

干城府に無事演習が終了《しゅうりょう》したことを報告に行ったかえりには、彼らはもうその足で酒を奪《うば》いに行っていた。明日からは待ちに待った休暇である。やりたいことはたくさんあった。両師団の団員たちは、もう半年も妻や恋人《こいびと》の顔を見ていなかったのだ。

そこへ待っていたのが、今回の男のお花さん騒動《そうどう》である。

「やってられん」

「まったくだ」

二人は城の貯蔵庫から年代物のワインをひっぱりだすと、早々に休憩室に立て籠《こ》もった。先の内乱で褒賞《ほうじょう》を断った二人は、アイオリアからこの城にある酒は自由に飲んでいいという特権をせしめていた。

「つまりあれだろ。第一夫人が引退するっていうんで、その後釜《あとがま》を狙《ねら》って後宮中の女どもがいきりたってるわけだ。オリエのやつももてるよなあ。いいなああやかりてえよ」

と、ジャックがあさっての方角を向いて祈《いの》ってみせる。男らしさという点において、なぜかアイオリアに大きく劣《おと》っている哀《かな》しいジャックだった。

つまり、いままでの話をまとめあげるとこうだ。

衣装寮《いしょうりょう》の古参のお針子が、冬宮の奥部屋でアイオリアが銀髪《ぎんぱつ》の男と密談しているのを聞いてしまった。

その直後、保養地から戻ってきたばかりのアイオリアが再び王宮から失踪《しっそう》。いつもの家出だろうから、早々にナリスが捕《つか》まえると思っていたのに、あれから三日たっても居所が知れた様子はない。

そして、オクタヴィアンの突然《とつぜん》の引退宣言。

事態はそれだけでは終わらなかった。なんとオクタヴィアンは大規模なかくれんぼう大会を行い、アイオリアを見つけた者を新たに花園《はなぞの》に迎《むか》え入れることを発表したのだ。

当然、後宮は大パニックにおちいった。

「ご丁寧《ていねい》に公式文書を残して失踪するぐらいだから、オリエはマジでかくれんぼうをするつもりなんだろうな」

「大公殿下《でんか》の結婚《けっこん》をかけてトーナメントを開いた次は、愛妾《あいしょう》を選ぶためのかくれんぼうか…。あいつの頭の中には女のことしかないのか？」

女好きにかけてはアイオリアに劣らないガイだが、最愛の娘《むすめ》に愛を告白してからはその八方美人ぶりもとんとなりを潜《ひそ》めている。

「しっかし、なんでかくれんぼうなんだろうな」

「趣味《しゅみ》だろ。似たようなことならやっているところを見たことがある」

ガイは、演習に出立する前に王宮に出仕したときのことを思い出して言った。主《あるじ》の注文通りうまく演習が行えるかこころもとなかったガイの前に現れたのは、歳《とし》若い女官たちとおにごっこのまっ最中なアイオリアだったのだ。

「きゃああ～、国王陛下ったらおたわむれを～～いやあああああん」

「はははははは、まてまてまてこいつぅ～あははははははははは」

死んでしまえ――ガイは湧《わ》き上がる殺意を隠《かく》すのにたいへんな苦労をした。

その上、そのかくれんぼう大会にさらに拍車《はくしゃ》をかけているのが、突然湧《とつぜんわ》いて出た男の愛人の噂《うわさ》だ。

「なにせ男の愛人だ。愛妾たちが密通してたってんなら話はわかるが、男を引っ張り込んだのがあのオリエだもんなあ。そら、騒《さわ》ぎにもなるって」

「生物学的にも常識的にもきわめて正しい行為《こうい》なんだがな」

「非生物学的で非常識的な人間のすることだからな」

ジャックに奪い取られた酒瓶《さけびん》をさりげなくとりかえしながら、ガイが言った。

「で、ナリスはなんて言ってるんだ。あいつはじかに出くわしたんだろう？」

「なんでも相手は侍従《じじゅう》の服装をしていて、ずいぶんと背の高い男だったらしいぜ。茶色い髪《かみ》のごく普通《ふつう》のパルメニア人だったとか」

あと、顔もかなりよかったってよ、とジャックがどうでもいい風に付け加える。

「なのに、さきおととい冬宮の廊下で鉢合《はちあ》わせたアデラたちは、男は金髪《きんぱつ》だったと言っているらしい」

「金髪…？　するとナリスが会ったのは別の男か」

「さあな。ただこれも噂なんだが、いちばん初めにオリエのやつと意味深な会話をしていた男は、明らかに銀色の髪をしていたそうだ」

「夜目だろう。見間違《みまちが》えということもあるぞ」

「だが、いくらなんでも金髪と茶髪を見間違えはしないだろ」

ジャックが自分の前髪を引っ張りながら言う。

「妙《みょう》だな。茶髪の侍従に銀髪の僧侶《そうりょ》に、食糧《しょくりょう》を漁《あさ》っていた不審《ふしん》な金髪男か…」

ガイは、ワイン樽《だる》の栓《せん》を指ではじき飛ばすと、中身を直接ゴブレットにぶちまけはじめた。

すでにワイン樽を空にする気でいるらしい。ジャックもすぐに参戦してきた。

「豪勢《ごうせい》な布陣《ふじん》だな。オリエのやつは花園の男版でも作る気なのか？」

「そんなことになったら、どっかの第三師団の団長が真っ先にいなくなるんじゃねえの？」

「…言うな。俺はむしろやつを花園に入れてやりたい」

自分で言った冗談《じょうだん》に笑えなくて、ガイは気まずそうにワインをすすった。

ジャックも自分の髪をくしゃくしゃとかき混ぜながら考え込んだ。

「たしかにおかしいな。時間が経《た》てば経つほど目撃談《もくげきだん》は増えるのに、真相がまったく見えてこない…」

なにもかもが妙だった。あれ以来奥では目撃談に基づく調査も開始され、夜の見回りもいっそう強化されているというのに、これといった怪《あや》しげな人物は見つかっていないという。

はたして、不審な男たちは何者なのか。

アイオリア自身なのか。

はたまた彼女のかくまっているという愛人か。

それともオクタヴィアンが推薦《すいせん》する、男のお花さん候補なのか。

なによりも、アイオリア本人はいったいどこへ消えたのか⁉

「男も見つかっていないが、我らが主君も見つかっていない」

「おおかた、今頃《いまごろ》どっかの温泉にでも浸《つ》かってんじゃねえのか。オリエはたぶん王宮にはいないんだろ」

「しかし、愛人だけ王宮に置いていくというのもおかしい」

「まだ愛人と決まったわけじゃねえだろうが」

ジャックはやや乱暴にゴブレットを机にたたきつけた。

「だいたい、男の愛人を花園に入れたいんならとっとと入れたらいいじゃねえか。なんでわざわざかくれんぼうなんかする必要がある？」

「わからんぞ。案外オリエが気を遣《つか》ってるのかもしれん。なにせ女の集団は恐《おそ》ろしいからな」

ガイはなにかを思い出したように言った。

実際、男の愛人の噂を聞きつけた後宮の動きは速かった。真っ先に愛人と疑われたのは、国王アイオリアの信頼《しんらい》も厚い六人の将軍たちで、ジャックの家にも〝アイオリア様の男の愛人絶対反隊〟を名乗る女たちが大挙して押しよせるありさまだった。

彼女たちはエティエンヌにジャックとの関係を根掘《ねほ》り葉掘り聞いていったあげく、なぜか満足して引き上げていった。どうやら調査の結果、〝ジャック〟が〝アイオリア〟を押し倒《たお》すなど考えられないと判断したようだった。

（いったいどういう根拠《こんきょ》で判断されたんだろう…）

男としてちょっぴり傷ついたジャックだった。

「ああ、たしかに女は集団になると怖《こわ》い。なにをされるか予想がつかない」

「まあな。あの集団、ヘメロスや例のコックのところにも行ったらしいぞ」

「ニコールんとこにも？　そりゃあマジで命知らずというか、勇敢《ゆうかん》だなあ」

もしかしたらあの最強コック軍団と張り合えるのは、〝アイオリア様の男の愛人絶対反隊〟ぐらいではなかろうかとジャックは思った。それくらいすさまじい勢いだったのだ。

ジャックはテーブルの上で頭を抱《かか》えた。

「ああ、帰ってきたとたんにオリエの愛人疑惑《ぎわく》をかけられてるなんて、エティになんていいわけしよう…」

「お前なんかまだいいさ。俺のところにはアデラからなぜか絶縁状《ぜつえんじょう》が来たぞ」

まだ寒い季節でもないのに、ガイはガクガク震《ふる》えた。

ガイの秘書が受け取ったというアデラの手紙には、なんと『もし噂の愛人がガイだったら、もうガイとは一生口きかないからね』と書いてあったのだ。どうやらアデラのところにも、〝アイオリア様の男の愛人絶対反隊〟は押しかけたらしい。

「なんでオレがよりにもよってオリエとの密通を疑われんといかんのだ！」

ガイは半狂乱《はんきょうらん》でわめいた。

ジャックたちのように既《すで》に夫婦《ふうふ》ならばまだいいが、父親なのか恋人《こいびと》なのか関係のはっきりしないガイにはこの言葉は痛すぎるのである。

「そんなことはたとえ真夏に雹《ひょう》が降ったって、ナリスがオリエを押し倒したってありえないんだ。ああくそオリエのやつややこしい性別しやがって」

「ややこしいことに代わりはない！　ややこしいのは外見だ」

「わーったわーった。こんなところでぐちぐち言うんだったら、いますぐにでもアデラに会いにいってやれよ。花園《はなぞの》はここからすぐだろ。ローランドに戻《もど》ってきてまだ一度も行ってねえんじゃ、そらアデラもへそ曲げるよ」

「だが、今の花園はあまり…」

ジャックはガイが言いたいことを素早《すばや》く察した。

「わかってるって。つまりアレだろ。グリンディ侯爵《こうしゃく》夫人の花送りがあることで、アデラがおまえがいつ迎《むか》えに来てくれるか気にしてるってことだろ」

うぐ、とガイは言い詰《つ》まった
「まあな。とっくに相手が決まってるのに、その相手がなかなか迎えにこないってなると、さすがに周りからもイロイロ言われるだろうしな」

「うっ、しっしかし、オレは…」

「だーかーら、ぐじぐじ言ってねえで、今から会いにいきゃいいじゃねえか。ほら！」

「お、おい、ジャック！」

酔《よ》いの回ったジャックには、いつも有無《うむ》を言わせぬ迫力《はくりょく》がある。ガイはジャックに猫《ねこ》のように首根っこをひっ摑《つか》まれると、花園の入り口まで引きずって行かれた。

奥の入り口には近衛《このえ》の宿直所があり、続いて国王が普段《ふだん》生活をする〝鷲《わし》の目〟という建物がある。ここからが奥だ。本来ならば帯剣《たいけん》が許されるはずもないが、王の騎士《きし》であるジャックとガイには、特別に王宮内での帯剣が認められている。それは奥においても同じで、二人は国王以外は男性は侍従しか入れないという後宮に昼間っから堂々と侵入《しんにゅう》することができた。

そもそも第一師団長であるジャック＝グレモロンと、第二師団長ゲイリー＝オリンザのことを知らぬものはこの花園にはいない。二人がこの花園を訪《おとず》れる理由もはっきりとしていたので、(特にガイは) 奥へ進んでも見とがめられることはなかった。

もっとも二人は自分たちの顔が割れている理由が、アイオリアの愛妾《あいしょう》であるアルバドラ三姉《さんし》妹《まい》の作っている『秘密の花園日報』のせいであることにまったく気づいていなかったが。

ちなみにこの会報、実は花園の主であるアイオリアも見たことがない。

「…花園ってのは、こう独特の雰囲気《ふんいき》だよな」

ジャックが肩《かた》をもみほぐしながら言った。

「同じ女の世界でも、場末の娼館《しょうかん》とかとはぜんぜん違うっていうかさー」

「わかるぞ。オレも何度ここへ来ても、ここの空気に異物扱《あつか》いされているみたいでおちつかん」

なぜかはわからないが、表から〝鷲の首〟の回廊《かいろう》をくぐった瞬間《しゅんかん》、ほんとうに驚《おどろ》くほど空気の色が変わるのだ。

「あいかわらず、ここはすげえなあ…」

市井《しせい》育ちで根っから生真面目《きまじめ》なジャックには、金持ちたちの多くが妾宅をもち、あるいは贅《ぜい》をこらし女を侍《はべ》らせる暮らしにどれほどの意味があるのかわからなかった。もし自分が将来地位や財を得ることになったとしても、そんなふうにすることでなにかの満足を得られるとは思えなかったし、したいとも思わない。

贅沢《ぜいたく》がきらいなわけではない。ただやはり、意味もなく情をふりまくのは人として不誠実だと思う。後宮などというのは、その不誠実の最たるものだ。権力と財と見栄《みえ》を縦糸に、嫉妬《しっと》とたてまえと陰謀《いんぼう》が交錯《こうさく》してできる巨大《きょだい》なタペストリー…。

だが、ここへ来てジャックは後宮の存在する意味というものを、ほんの少しだけ理解できたような気がした。

つまり、ここは別世界なのだ。

住んでいる人間も空気も、なにもかもが外とは違《ちが》っている。女たちは外の世界の貧しさなど知らないかのように奢侈《しゃし》におぼれ、汚《きたな》いものはまったくといっていいほど廃絶《はいぜつ》される。外の生活感や雑多さのかわりによい夢をみられる絹の枕《まくら》があたえられ、あるいはそれは女たちの腕《うで》になったりもする。

王という重責にある人間がほんのつかの間でも心を休めるために――、いうならば現実逃避《とうひ》をするためにこういう隔絶《かくぜつ》された空間は必要なのだ。

それが、後宮。

（それが、オリエの花園か…）

故郷のカルカザンの王宮がどれほどのものかは知らないが、パルメニアの王宮には二五〇年余の歴史があるという。その長い時の間にここで、さまざまな人間によってタペストリーが織られ、そして踏《ふ》みにじられていったのだろう。歴代の王たちははたしてその上で安らぐことができたのだろうか……

「ただいま八のお部屋さまをご案内いたします。お部屋さまはただいまお支度《したく》をされておりますので、それまでこちらでおくつろぎくださいませ」

お部屋さまというのはこの後宮に部屋をもっている女性という意味で、国王の手がついた女ということだ。

さすがにどこまででも出入り自由といっても、ほかの愛妾たちの部屋がある区画にまでは近づくことはできない。ジャックとガイは通された部屋のスツールに腰《こし》を下ろし――

――かけて、ハッと腰を上げた。

「おい、ジャックあれ……」

「うん、どした？」

急に立ち上がった親友を見て、ジャックはまだ酔いの残る顔をガイへ向けた。

「さっき、誰かそこにいた」

「ああん？」

「誰《だれ》かいたんだ。オレの見間違《みまちが》えでなければ、男だった」

ガイは気色ばんだように顔を硬《かた》くすると、入ってきた方とは別の扉《とびら》に向かって歩き出した。

「お、おいどこにいくんだ。あんまりうろつくとまずいぞ」

「窓から男が見えた。たしかに向こうの方に行ったんだ。あっちはたしかアデラたちのいる棟《むね》だろう！」

ジャックが止めようとするのも聞かず、ガイは目の前のものを手当たり次第《しだい》になぎ倒しながら――まさにそんなふうにジャックには見えた――ずんずん進んでいった。ガイを見た鈴番《すずばん》をしていた女官たちが、ぎょっとなって椅子《いす》からたちあがる。

「お、オリンザ卿《きょう》、お待ちください。そちらはお部屋さま方のお支度部屋で…」

明らかに怯《おび》えている彼女たちには目もくれず、ガイはぶっきらぼうに言い放った
「ここに男がいる！　オレはたしかに見たんだ」

「ガイ、少しおちつけよ」

ガイはギリっと歯を軋《きし》ませて、右手を剣《けん》の柄《つか》にやった。ジャックがぎくりと視線を固まらせる。

「おいガイ、ここでの抜刀《ばっとう》はまずいぞ。とりあえずここは近衛にまかせて部屋に戻れ」

「ばかな、これが落ち着いていられるか。例の侵入者がアデラのいるほうへ行ったんだぞ！アデラがあぶないじゃないか」

完全に頭に血が上っている。ジャックは内心で祈《いの》りの言葉を口にした。かけひきをやらせれば遣《や》り手の商人なみの冷静さを持つ男なのに、これが愛娘《まなむすめ》のこととなるととたんに人が変わったようになる。

まあわかってたけどな…、と舌打ちして、ジャックは自分よりはるかにでかい男の前に立ちはだかろうとした。

「だから、ちょっと待てって。たしかに見たのか、いったいその男はどっちに…」

言い掛《か》けたジャックの視界の端《はし》に、あきらかに背の高いシルエットが横切った。

「⁉」

弾《はじ》かれたようにガイが影《かげ》を追う。今度はジャックも彼を止めなかった。

「見た、ヤツだ！」

「庭から中に入った！」

二人は右手で剣を浮《う》かせながら、不審《ふしん》な影が消えた部屋の前までやってきた。固く閉《と》ざされた扉に耳をあててみる。中にはたしかに誰かいる気配があった。

(たしかにここに入ったんだろうな)

(まちがいない。この先はつきあたりになっている。隠《かく》れるとしたらこの部屋しかないはずだ)

ガイが短く頷《うなず》いた。ジャックは短いほうの剣を抜《ぬ》き放つと、息を合わせてオーク材の扉にぶちあたった。

「何者だ⁉」

瞬間、二人に怒号《どごう》が浴びせかけられた。

「なにものだ、じゃないわよっ！」

た。

「あ…？」

ジャックとガイは抜き身を握《にぎ》ったまま、呆然《ぼうぜん》と部屋の中を見回した。

なんと中にいたのは薄《うす》い絹の下着を着て、ペチコートをはこうとしているアデライードだった。

「あ、アデラ…」

ガイとジャックは呆然とあられもない姿の貴婦人を眺《なが》めた。あまりにも刺激《しげき》が強すぎて、それが〝見てはならない〟ものだと認識《にんしき》するのに時間がかかったのだ。

「ち、ちが…。オレは…」

しかし、二人がなにかを言い出す前に、それぞれの顔面にラベンダーのクッションが投げつけられる。

「ばかっ、なにやってるのよっ。早く出て行きなさいよすけべっ!!」

まだ髪《かみ》をこてでまいていないらしく、無造作に垂らしたままのアデラが悲鳴混じりに叫《さけ》んだ。

「い、いや、アデラ。いまここに不審な男が…」

「そ、そうだ。ガイもオレも不審な男を見て…」

アデライードは大きく振《ふ》りかぶった。

「はぐっ！」

二人の顔に、アデラの靴《くつ》が片方ずつめり込む。

「あんたたち以上に不審な男なんていないわよ！　出てって!!」

　アデラだけではなく、着付けを手伝っていた女官たちにも激しく物を投げつけられて、二人はほうほうの体《てい》で部屋から逃《に》げ出した。

　ようやく物が飛んでこないところまで避難《ひなん》すると、二人はどちらともなく顔を見合わせた。

「なんでオレたちが痴漢《ちかん》あつかいなんだ…？」

「…さあ??」


　そうして神聖パルメニア王国の栄《は》えある師団長職にある二人は、国王の愛妾《あいしょう》が着替《きが》えているところを覗《のぞ》きに入ったとして警備兵に逮捕《たいほ》され、ついでに酔《よ》っぱらっていたこともあって謹慎《きんしん》を言いつけられることになった。

「なんでだ??」

　この日、純情な第一師団長は、愛妻にどう言い訳しようかたっぷり半日は悩《なや》んだという。

＊

　目には見えども正体不明な影に悩まされているのは、なにも後宮の女たちや一部の騎士《きし》ばかりではなかった。

　現在パルメニア正規軍最強を誇《ほこ》るのは、ジャック・ザ・ルビーを団長に仰《あお》ぐ機動力に優《すぐ》れた第一師団ではなく、長槍使《ちょうそうづか》いゲイリー＝オリンザを長《おさ》に破壊力抜群《はかいりょくばつぐん》の第二師団でもない。もちろんナリス＝イングラム率いる第三騎士団でも、神出鬼没《しんしゅつきぼつ》が売りの傭兵《ようへい》部隊〝黒い旅団〟でもない。

シングレオ騎士団団長にして聖なる騎士、法皇自らの手で第一等白鳳勲章《はくほうくんしょう》を授《さず》けられたことのある英雄《えいゆう》ニコール＝ブリザンデと、その忠実なるコックの下僕《げぼく》どもである。

その日、コック長は新しい携帯食《けいたいしょく》の開発のため、食材を探しにローランド最大といわれている中央卸売市場《おろしうりしじょう》に出かけていった。彼がアーシュレイに莫大《ばくだい》な借金をしてケルンテルンの大通りに開いた菓子屋《かしや》〝寝取《ねと》られ男のぼやき〟は、これまた莫大な借金を残して早々に閉店せざるをえなくなり、彼はやむなく転職をしていたのだった。

パルメニアは東のエシェロンとの交流で茶文化がさかんであり、貴人方のたしなみとして花茶などをあつかう店もたくさんある。当然、茶や菓子を口にする習慣も庶民《しょみん》たちの間に早くから根付いていたが、いかんせん売り子の人相が悪かったようでニコールの店は流行《はや》らなかったのだった。

「しかたがねえ、次に店を出せる資金が揃《そろ》うまで、一丸となって働いてやらあ！」

ニコール＝ブリザンデとその一味は、あきらめが悪いことでも有名だった。

しかし傭兵としての経歴ならともかく、人相の悪いコックの集団を雇《やと》い入れる人間などいない。

ニコールたちはアイオリアに召《め》し抱《かか》えられることになった。現在は軍属の炊飯《すいはん》係として補給をまかされている。

「いいか、飯をおそろかにするものは戦《いくさ》には勝てん！　馬にはにんじんが、包丁には砥石《といし》が必要なように、俺たちには飯が必要だ」

「アニキぃ、飯だけじゃなく酒も必要ですぜ」

「それに女も」

するとおもむろにコックの中の一人が立ち上がってぶちかました。

「ちげーだろ。俺たちにはもっと重要なものがある」

「それは」

「それは愛！」

だれかが、「いいこと言った！」と叫んだ。

そのとき、どかっと音がして、まな板の上に恐《おそ》ろしく研《と》ぎ澄《す》まされた包丁がつきささった。

「ひっ」

ニコールは、ぎろりと舎弟《しゃてい》どもを睨《にら》んだ。

「おい、いいかバカども。オレが今からもっといいこと言ってやるからよく聞け」

コックどもが真剣《しんけん》な目をして彼を見つめる。熱いまなざしだ。というか熱すぎる。

「つまり、人間ってのは欲深い生きもんだ。金のためとか女のためとか今日飲む酒のためとか、とにかくなにかのためにしか動かねえ。とくに傭兵ってのは欲の塊《かたまり》だ。金を稼《かせ》ぐのに人殺しして平気でのさばってんだから世話ねえ」

自分たちが元傭兵であったことも忘れて、コックどもは激しく同意した。

「だが、そんな悪鬼《あっき》のような野郎《やろう》どもも所詮《しょせん》は人間、ツラの皮ひっぺがしゃあ美人もへったくれもねえ。あいつらは単純にできてるんだ。つまり、金をやって飯を食わせれば動く。金は多ければ多いほどいいいし、飯はうまければうまいほどいい」

ニコールがここまで兵糧《ひょうろう》のことに力を入れるのは、軍の形態が変わったことにあった。日雇いの傭兵は防具から炊飯の道具まですべて自分もちだったため、当然携帯食も自分で用意しなければならなかった。しかしアイオリアは傭兵ではなく正規軍をおいたので、新たに補給という問題がでてきたのだ。

「つまり、これからの戦はうまい飯を食わせたほうが勝つ！」

「おおおおおおおおお」

舎弟どもは高速で頷いた。顎《あご》がガクガク言っている。

「そのために、オレは今からやる気の出るメニューを考えようと思う。てめぇら、オレの留守中に食糧を第四師団の連中にぶんどられないようにしろよ！」

パルメニアの第四師団——通称《つうしょう》黒い旅団の団長ヘメロス＝ソーンダイクは、実は大変な動物愛好家として知られている。彼は売られている豚《ぶた》や鳥もかわいそうだと言って連れて帰ってしまうため（彼の屋敷《やしき》はすでにわくわく不思議王国と化しているらしい）、トップに影響《えいきょう》されて動物好き好き集団になった第四師団の連中とコックたちは、日々獲物《えもの》をめぐって熾烈《しれつ》な争いを繰《く》り返しているのである。

今日もニコールが出かける支度をしているそばで、一匹《ぴき》の豚をめぐって騒動《そうどう》が起きていた。豚にとっては今日の食材になるか家族の一員になるかのせとぎわである。必死に抵抗《ていこう》していた。運命はあまりにも残酷《ざんこく》だ。

その後、ニコールが中央市場に出かけてしまったので、コックどもはやることもなく、みなめいめい砥石を取り出して包丁を研ぎ始めた。

ついでに歌まで歌ってしまう。

「俺たちの歌を聴けよ！

俺たちの歌を聴けよ！

ささげるぜ、あの人に俺たちの愛を!!」

「これ本気！」「これ本気！」「これ本気！」

いつのまにかコーラスまで付いて進化したらしい。

「行くぜ俺たちの本気を見ろよ！」

「逃げるなよ！」「逃げるなよ！」

「ひそかに流行ってる！」

「それは日記！」「交換日記!!」

「馬に乗れねえ！」

「地道に歩き！」

「陛下のエヴァリオット」

「ぐおおおーっ、てめえら。〝き〟しかあってねえ!!」

「かなり凶器!!」

「つまんねえ!」「すまねえ!」

「つまり、俺たちの神はアニキってことだ!」

怒濤《どとう》のようなつっこみとうなり声が、しゃーこしゃーこという音を伴奏に練兵場のすぐ隣りにこだまする。練兵場で訓練をしていた第四師団が、その音を聞いてなぜか臨戦態勢をとりはじめる。

——そのときだった。

いきなり、見知らぬ若い男がふらりと厨房《ちゅうぼう》に入り込んで来て、コックどもがニコールのために用意した今日のまかないを勝手に食べ始めたのである。

「なんだ、この料理は。見た目が最悪だな」

「な、な、なんだとう!?」

激愛するアニキ直伝の腕《うで》をけなされて、コックどもはいきりたった。誰もが、それが本当のことだということを無視している。

「おうおうおう、ニイちゃんよう。どこの誰だか知んねえが、いきなり挨拶《あいさつ》もナシに入ってきて人さまの飯を横取りするたあ、ひでぇんじゃねえかい」

コックたちは、いままさに研ぎ終わったばかりの青光りする自分用の包丁を男に見せつけな

がら言った。どいつもこいつも肉感のある男どもが、剣《けん》ではなく包丁を持ってずずっと迫《せま》ってくる。それだけでも迫力《はくりょく》は十分にあるが、中でもいちばん不気味なのが、彼らが集団でおそろいの前掛《まえか》けをしていることだった。大変怖《こわ》い。

ところが、その妙《みょう》な侵入者《しんにゅうしゃ》はコックどもの前掛けをみても怯《ひる》むことはなかった。なぜか左目は銀色の片眼鏡に覆われていたが、自由な右目だけをちらりと上げて、やってられないとばかりに文字通り匙《さじ》をなげると、

「だいたいきみたちはもてなしの心ってものをわかってない。さあ、わかったらかたっぱしからあるだけ椅子を並べろ。そしてもっとマシなものをもってきてくれ」

あろうことか、もてなしと新たな食事を要求したのである。

男のおもいがけぬふてぶてしい態度に、

「こっのやろおおおおお」

「ふざけやがって」

「ミンチにしてやるぜ！」

「ミンチミンチミンチ!!」

コックたちの怒《いか》りは、伝説級にまで発展した。

＊

「ところが、逃《に》げ出したその男を追っていくと、途中《とちゅう》で姿が見えなくなった。報告書にあるのはそういうことだな」

猫《ねこ》が背伸《せの》びをしているようなレカミエにゆったり体をもたせかけて、ゲルトルードは言った。

古い部屋だった。冬宮でいちばん日当たりがよい南の角部屋は、ゲルトルード＝イベラ＝グランヴィーアがアーシュレイ＝サンシモン伯爵《はくしゃく》と結婚《けっこん》した後も、そのまま彼女の部屋として使われている。ときおり彼女の夫が壺《つぼ》でも育つ花や木を自宅から運んでくるので、バルコニーは森のようになっていたが、そのことで不平を言う者は王宮に一人しかいなかった。

部屋には三人の女性がいた。ゲルトルードが座っているレカミエと同じ布が張られているスツールに腰《こし》を下ろしているのは、今この花園《はなぞの》でもっとも話題にのぼる女性だ。

「ほんとうにおかしなことばかりでまいってしまいますわ。まだだれも紹介《しょうかい》していないうちから愛人候補は次々に現れるわ。陛下はさっぱりみつからないわ…」

まったく表情のかわらないゲルトルードに焦《じ》れたのか、オクタヴィアンが少し体を寄せてきた。

「それで、どこまでが大公殿下《でんか》のご計画ですの？」

「計画？」

「うまくアイオリア様をお隠《かく》しになって。いくらなんでもこんなに長い時間隠れていられるなんて、だれか手引きをするものがいたにちがいありませんもの」

「なるほど、それでわたしに疑いがかけられているというわけか」

ゲルトルードは人と同じくらいの厚みがありそうな背もたれから体を起こして、ブリジットが淹《い》れた花茶のカップをとった。何十種類もの花びらをあわせて淹れる花茶は、味ではなく主に作法と香《かお》りを楽しむためのものだ。

アイオリアの第三夫人ブリジット＝パルマンは花茶の名人で、請《こ》われればこうしてゲルトルードの私室で花茶の腕を披露《ひろう》することもある。彼女はかつてアンティヨール一《いち》と謳《うた》われたほどの名妓《めいぎ》だった。アイオリアの数ある愛妾《あいしょう》たちの中でもどこかなぞめいたところのある彼女だが、意外と家庭的な面が多いことも知られている。

「良い香りだ」

ゲルトルードはカップに口を付ける前に、ゆっくりと深く香りを吸い込んだ。プラムの香りだ。今の季節にはもう咲《さ》いていない花の香りがするのは、どこかここではないような不思議な感覚があるものだ。

オクタヴィアンの目の前にカップを置きながら、ブリジットがひかえめに口をはさんだ。

「それにしても今回のコトの発端《ほったん》が、お二人にあったとは存じませんでしたわ」

ゲルトルードとオクタヴィアンがほぼ同時にブリジットを見る。

「そもそもオクタヴィアン様が、大公殿下と賭《か》けをなさったんですって？　国王陛下に男の愛人ができるかどうかという…」

「はなから分の悪い賭けだったのよ。ブリジット」

オクタヴィアンはため息をついた。淹れ立てのお茶を口にしてからだったので、ため息さえ花の香りがしそうだ。

「そもそも、陛下に異性のお相手をというのは引退されたお姉様方からのたっての希望だったの。わたくしが引退するまでには必ずと、それはもう強く念をおされたのよ。でもことがことでしょう。陛下に申し上げる前にまずは大公殿下にと思って、先にご相談させていただいたのよ。そしたらね」

オクタヴィアンはチラリとゲルトルードに目線を流した。ゲルトルードは静かに笑っている。

「そうしたら、大公殿下があっさりと『花園に男が入ることはないだろう』とおっしゃられて」

「断言ですわね」

「それがまあなんとも予言者めいていたものだから、わたくしはあえてそれに逆らってみたくなったのよ。なんとしても陛下には殿方《とのがた》のよさをもう一度知っていただきたかったし、すぐにどうこうは無理でも、ほら…、何がどう転ぶかわからないでしょう」

オクタヴィアンが意味深な目配せをした。ブリジットは思わず笑《え》みを漏《も》らした。

「ああ、なるほど。オクタヴィアン様の狙《ねら》いはそちらでしたか」

ゲルトルードは興味なさそうに背もたれに寄りかかった。

「オクタヴィアンは、だれでもいいから男を花園に放《ほう》り込めば、きっとやきもきしたまわりの男どもが行動に出ないかと言ってきたのだ。今もオリエの周りには、男は決して少なくないからな」

「それでも殿下、いくら将軍方との仲が親密とはいえ、進んで火中に飛び込んでいきそうなお方はお一人くらいでは……？」

　オクタヴィアンが額を手でぬぐうような仕草をした。

「そのにぶい蛇《へび》を出すために、こっちは藪《やぶ》をつつきまくっていたというわけなのよ」

「にぶい銀色の、ね……」

　まるで甘いものを含《ふく》んでいるかのようにブリジットが含み笑いをする。

　つまり話をまとめあげるとこういうことになる。

　オクタヴィアンは無理矢理花園に男を入れてしまえば、焦《あせ》ったナリスが実力行使にでるかもしれないと、この計画を思いついた。要はナリスがどうこうしなくても、アイオリアの男嫌《ぎら》いが少しでも改善されればそれでよかったという。これは、今まで花園を卒業していった愛妾たちのたっての願いでもあった。

　ところが、相談したゲルトルードはそんなことをしても無駄《むだ》だとばっさり切り捨てる。引き下がれないオクタヴィアンは、彼女とナリスが行動を起こすかどうか賭けをすることにした。

　そして、例のかくれんぼう事件だ。

「そのために今度はオクタヴィアン様が、陛下とかくれんぼうをすることになったわけですか」

「陛下がかくれんぼうがいいとおっしゃったのよ」

「まあ、それは捜すのが大変」

「でしょう。それでこの広い後宮を捜すのには手間がかかるから、女官たちを煽《あお》ってみることにしたの。これが案の定みんなものすごい食いつきで、王宮の床《ゆか》から天井裏《てんじょううら》までぜんぶ彼女たちが調べてくれたわ」

なのに、陛下はどこにもいらっしゃらないし…、と額に手をおく。

「アデラたちは薄い色の金髪男が食糧《しょくりょう》を漁《あさ》っていたというし、それで陛下が飢《う》えて出てきたのかと思ったら、これが全然まったく別人だというじゃない。古参のお針子は、陛下と銀髪《ぎんぱつ》の男が密会しているのを見たといっているし、イングラム卿《きょう》は侍従《じじゅう》服を着た茶髪《ちゃぱつ》の長身だったと証言しているし…」

「先日オリンザ卿とグレモロン卿がお見かけになったというのは？」

「ちょうどそのとき、練兵場の飯炊《めしたき》小屋で不審《ふしん》な男が食事を要求するっていう事件があったらしいの。例のコックさんたちに追われてすぐ逃げたらしいけど、きっとその男じゃないかしら」

もしその男がアデラの部屋に入った不審者なら、いったいどうやって練兵場からこの王宮の奥の奥まで忍《しの》び込んだのか。そしてアデラの部屋からどうやって逃げおおせたのか。

「あれからもう五日になるのにまだ見つからないなんて、いったい陛下はどこに隠れていらっしゃるのかしら…」

はああ、と項垂《うなだ》れる。

「もうわけがわからないわ」

「ほんとうに、わけがわからないですわね」

オクタヴィアンとブリジットが揃《そろ》って浮《う》かない顔をしている中で、ゲルトルードだけが花の香りに気をとられている。

「…大公殿下は、何でもご存じのようなお顔ですわね」

恨《うら》み節の入ったオクタヴィアンに、ゲルトルードは少しも動じることがなくお茶を飲み干した。

「そんなことはないが」

「では、アイオリア様がどちらにいらっしゃるかも、後宮を騒《さわ》がす不審者たちの正体も大公殿下はご存じないわけですのね、まったく見当がつかないと」

「…………」

カップにつけていたゲルトルードの唇《くちびる》がくっとつり上がった。オクタヴィアンは破顔した。

「ほら、やっぱりご存じでいらした。ねえ教えてくださいませ。いったい陛下はどちらにいらっしゃるんですの」

「それを教えては、わたしが賭けに負けてしまうだろう」

オクタヴィアンはテーブルの上に両手をついて身を乗り出した。

「では、皆《みな》が見たという不審者のことだけでも」

「そうですわ。みな賊《ぞく》ではないかと怯《おび》えております。それだけでもはっきりさせたほうがよろしいのでは？」

二人の美人につめよられて、ゲルトルードはその薄《うす》い唇からいったんカップを離《はな》した。

「やれやれ」

ゲルトルードは人間にかまうのに飽《あ》きた猫《ねこ》のような目で、軽く息をつきながら、

「では聞くが、一番始めにお針子が見たという密談の場所はどこだったか？」

「たしか、冬宮の一階の北のはじですわ」

ブリジットが答えた。

「ふむ、ではアデライードとクラウディアが食糧泥棒《しょくりょうどろぼう》に遭《あ》ったのは？」

「冬宮の…、肖像画《しょうぞうが》の前だったと聞いています」

「ナリスが見知らぬ侍従に出会ったのは？」

「それも冬宮の〝鷲《わし》の目〟…、あっ」

小さく声をあげたオクタヴィアンに、ゲルトルードが大きく頷《うなず》いてみせる。

「ジャックやガイたちが押し入ったというアデラの部屋は、たしか花園《はなぞの》の北端《ほくたん》ではなかったかな。あそこの真向かいは冬宮だし、練兵場は一見遠いように見えるが実際は中庭を隔《へだ》ててすぐのところにある」

ゲルトルードはふうっと細長い息を吐《は》いた。

「し、しかし殿下《でんか》、不審者の多くが冬宮近辺で見かけられていることはわかりましたが、それと今回の事件になんの関《かか》わりが…」

「ふむ」

彼女は楡《にれ》の枝のように細やかな指で髪《かみ》をすいた。その仕草は、よくアイオリアが「まるで銀の竪琴《たてごと》をはじいているようだ」と表現しているものだ。

「二人は毎月中の金曜日に、女官たちが怪談《かいだん》大会をやるのを知っているか？」

「怪談大会…？　ああ、女官たちがいろいろと集まりをもっているのは知っていますけれど。なんでもおばけがでるとか」

「あれはな、実はほんとうのことなのだ」

「ええっ」

　ゲルトルードは長椅子《ながいす》の縁《ふち》を撫《な》でながら、

「この冬宮は古い。ゆうに二五〇年の歴史がある。人が老いたものにしか与《あた》えられぬ深い知恵《ちえ》を持つように、物や自然もまた古びたものが力をもつこともあるのだ。この宮殿《きゅうでん》は少々長く生きすぎて、それ自体に魂《たましい》のようなものが宿りかけているらしい。もともとが精霊《せいれい》の気の強い場所だからな。さもあることだろう」

　あっけにとられているオクタヴィアンに代わって、ブリジットが相づちをうつ。

「では…、ではあの不審者の数々は、この城が見せている幽霊《ゆうれい》というわけですの？」

「幽霊ではない。本物だ」

「本物…」

「時折冬宮の扉《とびら》は、向こう側が今ではない、場所へつながってしまうことがある。そういったたぐいの来客を見た女官たちが、それらを幽霊だと思うのもわけはない」

　あまりの発言に、オクタヴィアンとブリジットは半信半疑の顔を見合わせる。

「〝今〟ではない場所、というのは…」

「さあ、そこまではわたくしにはわからぬ。過去かもしれぬし、もうずっと先の時代かもしれぬ。少なくともこの冬宮が残っている時代ということだろうな」

「そんなことが本当に…」

「少なくともわたくしは幼い頃《ころ》聞いたことがある。この冬宮の扉は、時々きまぐれに今ではない時へとつながることがあって、それをヒルデグリムの扉というのだと」

ゲルトルードは人差し指で唇をなぞるようにした。すると不思議なことに唇が笑《え》みの形にはねあがる。

「ふ、おかしなものだ。あの扉を開けることができるのは子供のころだけで、大人になれば見ることもかなわなくなると言われていたのに、オリエのやつ」

「まさか陛下はヒルデグリムへ行かれたと、そう大公殿下はおっしゃるのですか⁉」

気色ばんだオクタヴィアンの側《そば》で、ブリジットがさりげなく蜂蜜水《はちみつすい》の用意をしながら耳を傾《かたむ》けている。

「いくら捜し回っても陛下がいらっしゃらないのは…」

「あれはどこか間が抜《ぬ》けているゆえ、気が付かぬうちに扉の向こう側へ迷い込んだのだろうな」

「それでは、あの数々の不審者たちの正体も…」

ゲルトルードは頷いた。

「どの時代から迷い込んできたのかわからないが、オリエが開けっ放しにしたことで逆にこちらに流れこんできたのかもしれない。もしくは、もっとべつのところがつながっているのかもしれない」

「そんな…」

ゲルトルードは冬のさなかのめずらしく暖かい日のように、やんわりと笑った。

「驚《おどろ》かせてしまったかもしれないが、これは言うほど特異な話ではないのだ。たとえば、オクタヴィアンが…」

ちょっと考えて、彼女はたとえ話をした。

「興味がある人間に出会ったとする。その人間とかかわりをもちたいと思ったとき、どうするか」

怪訝《けげん》そうな顔つきのままでオクタヴィアンは言った。

「興味の度合いにもよりますけれど、さりげなさを装《よそお》いつつ接触《せっしょく》をこころみますわね」

「どうやって？」

「どうやって…。そうですわね、話しかけますわね、挨拶《あいさつ》などを。あとはなにか共通の話題でもあれば」

「共通の話題《トラレゼミエ》、まさしくそれだ」

ゲルトルードはおもむろについと戸口の樫材《かしざい》でできた扉を指さした。

「わたくしとオクタヴィアンの扉はオリエだ。そういう扉があれば、人がつながりを持とうとするのも容易になる。ノックをすればいいだけなのだから——はたしてそれも大いに勇気のいることだが、心の壁《かべ》に穴をあけることに比べればずっと簡単だろう」

話が思ったより精神論のほうにかたむいてきたのに、オクタヴィアンは少し面食《めんく》らったようだった。けれど、彼女は考え考え言った。

「つまり殿下は…、アイオリア様の精神にあちらの世界に接触する穴があいていたと、こうおっしゃりたいのですか？」

「それもあるだろうが、そうではないもっと直接的な理由があるだろうな」

と言って、ゲルトルードはブリジットの用意した薔薇水《ばらすい》を口に含《ふく》んだ。薄くなりかけていた唇に、ほんの少しだが赤みが戻《もど》ったように見える。

「直接的な理由？」

「そうだろう。いくら冬宮が古いとはいえ、それでしょっちゅう次元の扉が開いてしまってはこちらの世界が混乱する。いままでは紛《まぎ》れ込んできた来訪者が幽霊だと思われる程度だったのだ。それがここにきて急増した。これにははっきりとしたわけがあってしかるべきだ」

オクタヴィアンとブリジットは代わる代わる頷いた。

「人はだれでも六方を囲まれた部屋の中で暮らしているが、ほかと接触するためにはどこかに穴を開けなくてはならない。二つの部屋に共通する一枚の壁があり、それに穿《うが》たれた穴――。そういう場所からオリエは出て行ったのだ。なにかに導かれて」

「なにか…」

ブリジットがオクタヴィアンよりはいくぶん落ち着いた声で言う。

「その、なにかとは？」

「あるだろう。この冬宮以外でこの建物と同じくらい古く、強い精霊の力をもち、いままでは遠いところにあってごく最近にオリエの近くにあるようになったものだ」

ゆったりとくつろいでみせるゲルトルードとは対照的に、二人はそわそわと考え込んだ。

「あったかしら、そんなものが…」

「古い…精霊…」

先にブリジットがあっと顔を上げた。

「まさか」

「そうだ。先のゴッドフロア公の反乱の際、ヒクソスのシングレオ騎士団《きしだん》からオリエが持ち帰った、王家の古い血脈に関《かか》わりの深い星石――」

そしてゲルトルードは、その日最も機嫌《きげん》良さそうな笑みを浮《う》かべた。

「炎《ほのお》のエヴァリオットだ」

第二幕　わたしの花園

「まったくなんでわたしが、自分の家の中で追いかけ回されなくてはならないんだ」

かくれんぼうの隠《かく》れ役をやることになった国王陛下は、ぶちぶちと不平を言いながら倉庫の中を歩いていた。

思いもかけぬことになった。というのも、彼女の親友であり第一夫人でもあるオクタヴィアン＝グリンディ侯爵《こうしゃく》夫人が、突然《とつぜん》の引退を申し出てきたからである。

どうしても彼女を花園から出したくないアイオリアは、オクタヴィアンの進退をかけて彼女と賭《か》けをすることになった。かくれんぼうで負けたほうが勝ったほうの言い分をきく——、そのために、アイオリアはこうしてながらも何やらをひっくり返して、三日間だけ身を隠すことが出来る場所を探しているのである。

オクタヴィアンがどうしていきなり花園を出て行くと言い出したのか、アイオリアにはさっぱりわからなかった。

アイオリアは、彼女の家の複雑な事情をおおまかには知っているつもりでいる。敬虔《けいけん》な星教徒だった父親の自殺、弟ロレンツォ＝アージェントとの確執《かくしつ》、父親の違《ちが》う三人の息子《むすこ》。そのうちの次男はどこかの家に養子にだされたまま、一度も会っていないという。

関係者のほとんどがすでに故人である以上、彼女の家に起きた事件の真相を知るには根気と時間がいることだった。

しかし、もし証明できるのであればどれだけ時間がかかっても明らかにしてやりたい。アイオリアはそのことを誰《だれ》よりも強く願っていた。

なぜならば、世の中に証明できることは多くないから。

(たとえ消えない傷をともなうとしても、心を開いて見せられたらどんなにいいか)

もう十何年も昔のことになるが、シレジアの動乱でリデルセンの王宮にパルメニア軍が攻《せ》め入ったとき、アイオリアは「パルメニア人のお前が知らなかったはずはないだろう」と口々に糾弾《きゅうだん》された。

だれも彼女を信じなかったのだ。ともに愛を誓《ちか》ったはずの夫でさえも――

そのときの、本当のことを証明できないという歯がゆさと悲哀《ひあい》は、アイオリアの肉の中にしみ通りまだ体内に残っている。たぶん、これから先も完全になくなることはないのだろう。

だから、もし人の手で証明できることであれば、それがどんなに時間がかかってもやるべきなのだ。もし真実が明るいたいまつを掲《かか》げることはないにしても、あの二人の間には時の神の恩情が必要だとアイオリアは思っている。

それまでは、オクタヴィアンはアイオリアの目の届くところにいて休んでいればいい。このパルメニアで花園以上に安全な場所はない。ここにいれば常に騎士の剣《けん》と誓いに守られ、俗事《ぞくじ》のわずらわしさが身を苛《さいな》むことはない。

ここにいればいいのだ。

その、時が熟すまでのわずかの時間を、今まで通りアイオリアの側《そば》にいて今まで通りにすごすことがなぜできないのだろう。

わからない。

「誰か保護者《はなぬすびと》がいるならともかく、乳飲《ちの》み子《ご》をかかえたオクタヴィアンを放《ほう》り出せるものか。ぜったいぜったい阻止《そし》してやるんだから」

それに期限内に誰かに見つかってしまえばオクタヴィアンの勝ちとなり、アイオリアは望んでもいない男の愛人を花園にいれなければならなくなる。

（じょーだんじゃない）

アイオリアはかつてないほど真剣《しんけん》になった。

「さて、どこに隠れるべきか。昔はどんなところに隠れていたんだっけかな」

彼女は日の当たる場所に立って、ぼんやりと思案した。

目に付いたのは、今は使われていないテーブルや椅子《いす》が積み上げられた、その下だ。

「まるで、妖精《ようせい》がすんでいそうな隙間《すきま》だな」

古い家の階段の下には、この世に隠れて生きるものたちが棲《す》んでいるという。それはパルメニアの子供なら一度は聞いたことがある話で、たいてい皺《しわ》より顔の老人が幼いころかくれんぼうをして遊んでいる最中に見たと言っている。

もういいかい、まあだだよ…

呼びかける声に、答える声。

必死で隠れ場所をさがそうとする子供の体は、もう何年も開けられたことのない戸棚《とだな》や、大人の目で見落としがちな隙間にさえも滑《すべ》り込んでしまう。

そうして目線の低いものだけが、そんなわずかな隙間に棲んでいる人間でない不思議な生き物たちを見つけることができるのだった。

だから、アイオリアはかくれんぼうをするとき、たいていオニをするより隠れるほうが好きだった。

さあ、今日はどこに隠れよう。ゲルトルードは見つけるのが上手だから、うんと難しいところがいい。古い水瓶《みずがめ》の中、音の狂《くる》ったままの鍵盤器《けんばんき》の下…、長い間使っていない部屋の暖炉《だんろ》、それから…

(ながもちの中)

ながもちの重い蓋《ふた》を開けてそっと中に入り込み、耳をそばだてながらオニが見つけにくるのを待っている。ここならば見つからないだろう。まさかこんなところに隠れているとは思わないだろう。ゲルトルードが捜している間、アイオリアは胸の中にそんなくすぐったい期待と不安をまぜこぜにしながら、オニの足音が近づいてくるのを待つ。

「かくれんぼうか、なつかしいな…」

アイオリアはひとりごちた。

結局、ながもちやら樽《たる》やらひっくりがえしたあげく彼女はそこに隠れるのを断念した。それからもあっちこっち倉庫のような部屋の中を歩き回ってみたが、このでかい図体《ずうたい》を隠そうとするのはなかなかに難しい。

こんなに隠れ場所に手間取るとは思わなかった。小さいころは、家中のあちこちに秘密が潜《ひそ》んでいるふうに見えたのに、いつのまにかくれんぼうがヘタになったのか。

（どこかあまり人目につかない場所はないかな…）

早くしなければ…。あまりうろついては女官たちに見られてしまう恐《おそ》れがある。

それに、こういう面倒《めんどう》くさいことはさっさと終わらせてしまうにかぎる。

「そうだ、冬宮は今使われていない部屋が多くあるから、良い場所が見つかるかもしれない」

なるべく人気のない方を選んで、アイオリアは小走りで冬宮に向かった。

冬宮の内部は天井《てんじょう》が低くなっていて、アーチ工法がまだ開発されていなかったころの建物の特徴《とくちょう》としてあちこちに巨大《きょだい》な柱が多く立っている。特に一階部分は耐久性《たいきゅうせい》をもたせるために窓が少なく、それゆえに昼間でもどんよりと薄暗《うすぐら》い。

この冬宮には、不思議ないいつたえが多くあった。

〝薔薇《ばら》の騎士〟の由来になったという野いばらの白い垣根《かきね》や、隻眼《せきがん》王ミルドレッドがなぜか大切にしていた、メッキのはげたゼリア女神《めがみ》の像。

レックハルトが書き上がったとたんに封印《ふういん》し、現在でも上演が禁止されている戯曲《ぎきょく》〝黄金《おうごん》の頭蓋《ずがい》〟の最終幕。何千枚と残されているのに、すべて本物ではないといわれているメリルローズのユトピン絵。それから、彼女の愛した廃園《はいえん》——

　中でも一番の謎《なぞ》は、オリガロッドが死んだ直後に壁《かべ》を塗《ぬ》り込めてしまったという王の寝室《しんしつ》だ。

「うへぇ、あいかわらず陰気《いんき》だなあ、ここは」

　北側の壁にずらりと掛《か》けられている歴代の王たちの肖像画《しょうぞうが》を横目に、アイオリアは顔をしかめた。

「キティはここが好きだと言ってよく来ていたけど、わたしゃごめんだね。こんなところとっとと通り過ぎるにかぎるよ、まったく。——と」

　廊下《ろうか》のつき当たりまできたアイオリアは、いい感じに漆喰《しっくい》がはげおちている扉《とびら》を見つけた。ほかの部屋の扉とはデザインも大きさも違うから、ここは納屋《なや》かなにかだろう。

「よしよし、こういう所を探していたんだよ、わたしは」

　アイオリアは、その自分の背丈《せたけ》よりも低い扉を押して、くぐった。

「……れ？」

　中を見るなり、彼女は声をあげた。

　そこは、アイオリアが想像していたような納屋ではなかった。辺り一面にシーツのような布がちらばっていて、天井からは天蓋《てんがい》のできそこないのようなものまで垂れ下がって、まるで白い森のようだった。

（なんだここは…）

　周りをざっと見渡《みわた》しても、鉄製の衝立《ついたて》ひとつと積み上がってもこもこしている白い布、それに漆喰の壁しかない。

もしかしたらここはお針子たちが繕《つくろ》い物をする部屋かなにかだろうか。

「さて、案外人が出入りする場所に隠《かく》れるというのも盲点《もうてん》かもね。とすると、どこにかくれようか…」

意外と真剣になっている自分に気が付いて、アイオリアは苦笑《くしょう》した。

かくれんぼうは不思議だ。見つかりたくないと思っているのに、ずっとひとりでいるのはいやなのだ。

見つかりたくない…、見つけて欲しい…。自分からは言えないけれど隠れた心に気づいて欲しい。

なぜだろう。それはとても恋《こい》によく似ている。

「なあーんてロマンチックなこと考えてる場合じゃなくって、いっそこの布にくるまって寝《ね》ていてやろうか」

と、アイオリアは手近にあった長い布を引っ張った。そのとたん、

「うひゃああっ！」

甲高《かんだか》い悲鳴のようなものが聞こえて、アイオリアは固まった。

「え…っ…」

慌《あわ》てて布を引っぺがそうとすると、いままで反物《たんもの》の山だと思っていたかたまりがごろりと崩《くず》れて中から人が出てきた。

アイオリアは、布をしっかと胸に抱《だ》いている少女（しかもなぜか裸《はだか》だ）を呆然《ぼうぜん》と見下ろした。

「あの…きみ…、そんなところで何をしているの？」

そんな格好で、と聞かなかったのはまがりなりにも相手が女性で、不本意にそういう状況《じょうきょう》にあることを思いついたからだ。

アイオリアは慌ててサーコウトの上を脱《ぬ》ぎ、本当になにも着ていない真っ裸の少女に渡そうとした。摑《つか》んだ手が驚《おどろ》くほど細かったのには驚いたが、もっとぎょっとしたのは、彼女の首筋から胸の下のあたりにかけて花びらほどの鬱血《うっけつ》した跡《あと》が点々としていることだ。

（こ、こ、これはまさか…）

アイオリアはめずらしく狼狽《うろた》えながら言った。

「えーっと無粋《ぶすい》な質問をして悪いが、どうしてきみがこんなところですっ裸でいるのか聞いてもいいかな…」

「…きみって、ぼくのこと？」

「ぼく!?」

今度こそアイオリアは仰天《ぎょうてん》した。

「きみは男なのか！」

「ぼく…？　いや、わたし。あれ？　どっちかな…、ちがったかな…」

男性詞と女性詞を交互《こうご》にぶつぶつつぶやいている相手に、アイオリアはさっきの親切心などふっとんだ顔で立ちつくした。

(こ、こんな細っちいなまっちろい体で男なのか)

「さっさとそれを着て立ちたまえ！」

彼女はできるだけ肌をみないようにして少年に向き直った。

「いったいきみは誰《だれ》なんだ。ここは裁縫《さいほう》をする部屋か。きみはここのお針子なのか」

「おはりこ…、お針子《フューメンナ》って？」

あのな、とアイオリアは前髪《まえがみ》にくしゃりと指を差し入れた。

「その上着を作ったり、レースを編んだりする女性たちのことだ。きみはそうじゃないのか」

「レース…、レース《テュレフ》！　知ってる。お針子《フューメンナ》は蜘蛛《くも》のことだ。彼らはみんな体のなかに銀のかぎ針をもってる。そうでしょう」

何がおかしいのか、うふふふふと笑った。

アイオリアは顔中の血液が音を立てて引いていくのを感じた。

(こ、このまさに頭たりなさそーな感じは…)

彼女は、男だか女だかわからないような顔で、しかも日中から素《す》っ裸で平気でうろつく人種にたいへん心当たりがあった。

「もしかしてきみはあの変態《アーシュレイ》の仲間か。わたしが常日頃《つねひごろ》絶滅《ぜつめつ》することを切に願っているあのわけがわからん種族の…」

「どうして怒《おこ》ってるの？」

「怒ってない！　そうともきみになんの落ち度もない。この世界にだって落ち度はないはずだ。いいだろう、わたしがホモが嫌《きら》いでも誰にも迷惑《めいわく》をかけん！

——ということで、はい、さいなら」

「あなた」

と、不思議な素っ裸の少年は言った。

「隙間《すきま》を探してるね」

出て行こうと背中を向けたアイオリアは、もう一度彼を見るはめになった。

「なんだって？」

「隙間に入り込んでしまいたいんでしょう。誰かの心の隙間は居心地《いごこち》がいいから。埋《う》め合わせをしたいんでしょう」

もたもたとアイオリアのサーコウトに袖《そで》を通すと、彼は幼児よりもぶきっちょな手つきでくるみボタンをとめはじめる。

アイオリアは、軽い困惑《こんわく》をおぼえた。

「きみは、どうやら本当にアーシュレイ＝サンシモンと同じ種類の人間らしいな。この世に生きていながら、半分を影《かげ》の国で暮らす種族。人間の肉という服を着ているが、それを着心地の良い古着かなにかのようにしか思っていないやつら…」

だが、ごくたまにうらやましいとさえ思える。とアイオリアは付け足した。

「きみはロゼッティか」

「ちがうよ」

彼は即答《そくとう》した。

「どうやってここに入った？　ここは後宮で男がいるような場所じゃないぞ」

「ここにいなさいって言われたから」

「……なにをしていたんだ」

「えーっとなにかな。なんだかふわふわしてた。飛んでる…？　飛んでない。うふふふ」

「…………」

話が通じない。

アイオリアはがっくり項垂《うなだ》れた。この手のたぐいと話すと、どうしてこんなに疲《つか》れるのだろう。

「そうか、そうだったきみたちはそういう人間だった。こちらが話しかけてもまともな返事が返ってきやしない。精霊《せいれい》の血が濃《こ》いやつらはみんなそうだ。きみたちはあれだ。すすぼけた石壁の石のひとつがなにかの顔をしていることを見ることがあったり、頭に真っ赤なぼうしをかぶって汗《あせ》をかいている蠟燭《ろうそく》が見えたりするんだ。そうだろう？」

少年は、アイオリアのサーコウトに刺繡《ししゅう》された赤い竜《りゅう》を不思議そうに見ながら言った。

「隙間はどこにでもあるよ。見なくなるだけで、決して見えないわけじゃない。ぼくらが特別に見えるわけじゃない。あなたも昔見ていたじゃないか」

「えっ」

「砂糖壺《つぼ》の中から蜜《みつ》糖のかたまりをぬすんでいく小さな生き物たちの、レースのような羽根を。そうでしょう」

彼はずるずると白い布を引きずってアイオリアの側《そば》を通り過ぎた。そのときになってはじめて、アイオリアは彼が見事な黒髪《くろかみ》をしていることに気が付いた。

どこの地方の人間だろうと彼女は思った。たしかに北方のアジェンセンからアルバドラにかけてあたりには黒髪が多いというが、彼の黒髪はまるでつややかな鉄でできているようにまっすぐなのだ。

彼は人なつっこい表情でニッコリ笑った。

「でも、あなたが隙間を探してくれてよかった。いくらぼくが会いたいと思っても、そちらから扉《とびら》を開けてくれないと会えないんだもの」

薄暗《うすぐら》い部屋の中にぽつんとできたひだまりのなかに、彼は立っていた。光を浴びて、彼の顔や何もかもが金色の中に透《す》けて見える。

(緑の双眸《そうぼう》…)

なんて綺麗《きれい》なんだろうとアイオリアは息を呑《の》んだ。ちょうど彼女の第二夫人であるクラウディアがエメラルドの瞳《ひとみ》をしていたが、彼のそれはもっと透き通っていてもっと深い。それでいてやわらかく、穿《うが》つような強さがある。

「ごめんなさいね。貴女《あなた》がここにいるのは、ぼくがあなたを呼んでしまったせいもあるんだ。

暗闇の中でたぐりよせられる目印が、あの赤い石だけだったからね。レオンの魂が、こんなに硬《かた》い殻《から》をもっている人間だとは思わなかったけれど」

　少年はそうやって、親しい友人を見るようにアイオリアにほほえみかけた。

　彼はアイオリアの少し前に立って、それから手のひらでなにかを触《さわ》るような仕草をした。

「はじめは薄《うす》い膜《まく》のようなものだったのが、だんだん重なって硬い殻になってしまっているんだね。たまごのように見えるのは、あなたが……どうしてだかわからないけれど、うま……うまれかわりたい――と思っているからだね」

　彼は哀《かな》しそうにアイオリアを見上げた。

「どうしてそんなに閉じこもってしまったの？　あの宝石は幸運を呼ぶ石なのに」

　急に図星をさされたようにかちんときて、アイオリアは大きな声をあげた。

「ア、アーシュレイのお仲間になにがわかる。わたしは内に閉じこもってなんかいないぞ！」

　彼女はふんと横を向いた。

「わたしはかくれんぼうの途中《とちゅう》だったんだ。わずらわしい理由でしばらく姿を隠《かく》さなければならなくなった。それでうまく隠れられる場所を探していたのに、あの奇妙《きみょう》な扉をくぐったせいでこんなところに――」

（こんなところ？）

　言いかけて、彼女はふと顔を上げた。

（いったい、ここはどこだ――？）

足元が、ぐらりと揺《ゆ》れたように思えた。

ここは王宮の中じゃない。冬宮じゃない。――いや、冬宮だ。わたしはそこで隠れる場所を探していたはずだ。では、この少年はいったい何者なのだ。ここは奥だ。侍従《じじゅう》以外の男性が素《す》っ裸《ぱだか》でうろつくような場所じゃない。

アイオリアは慌《あわ》てて周りを見渡《みわた》した。

古い鉄製の衝立《ついたて》。周りにちらばる布、もこもことした剝《む》き出しの綿、クッションからはみ出した水鳥の白い羽根、天井《てんじょう》からぶらさがっている天蓋《てんがい》のできそこない。

誰《だれ》かの部屋というよりは巣のように思える。

（そうだ、巣だ。そんなかんじがする）

アイオリアは、頭のよい鳥が光るものや好きなものを巣にもちこむ習性があると聞いたことがあった。ここはまさに、そんな異質な雰囲気《ふんいき》をもった場所だったのだ。

あきらかに、人間が住んでいる感じがしない。

「ここは、どこだ。わたしは、つき当たりの扉から入ってきたんだ。でも、冬宮にこんな場所はなかったはずだ。あのつき当たりはただの壁《かべ》のはずで――」

アイオリアは混乱した。

あの崩《くず》れた漆喰《しっくい》の間にあったチョコレート色の扉は、いったいどこへとつながっていたのだろう。わたしが開けたあの扉はなんだったんだろう。わたしはどこへ行きたかったのだろう。なにかを探していた。探していた。それは――隙間《すきま》だ。隠れる場所――誰にも見つからない秘密の部屋――。冬宮のたくさんの扉――部屋――扉――。たくさんの…

なのになぜ、隙間がみつからない!?

「ここは…」

彼女は自分の中で行き詰《づ》まったように顔をあげた。そして窓の側へ寄った。

つぎはぎだらけの天窓が、ふたりの足元にちいさなひだまりを作り出す。

アイオリアは自分が歩いたことによって舞《ま》い上がった埃《ほこり》が、天窓から降ってくる光の中でキラキラとこぼれ落ちてくるのを見た。

小さいころは、あのキラキラしたものの正体が埃であるなんて思わなかった。もっと綺麗な、すばらしいものだと思っていた。

(そうか、わかった)

アイオリアは、は、と息を吐《は》いてかぶりを振《ふ》った。

自分はもう、あの隙間には入れないのだ。

「隠れ、られない…」

彼女はゆっくりと少年のほうを振り向いた。

「わたしにはもう、隠れる場所なんてないんだ。そうだろう…？」

アイオリアは、自分の声がかすかに震《ふる》えているのを感じていた。

いつのまにか見えなくなっていた小さな隙間。あんなに探したのに、どうして隠れる場所がみつからなかったのか…

隠れられないのだ。

大人に――なったから。

「隠れる場所がないから、自分で壁をつくったんだ。ひとつひとつ土をもちたてて、壁はあっというまに私をとりかこんでしまった。ここはそういう場所なんだろう？」

わたしの中だ。アイオリアは胸を押さえた。

たぶんここは、わたしの奥にある場所なのだ。

「わたしはなにかを守るすべを、そんなふうなやり方でしか知りえなかった。拒絶《きょぜつ》することが自分を守ることだと信じてきたんだ。それで、いつまでもぐるぐる同じことばかり考えている。外に出るのが怖《こわ》いから、どこか隙間に入り込んでしまいたい。わたしが探していたのは、たぶんそういう隙間だ。だから見つからなかったんだ」

「わかるよ。あなたはこれから手放さなくてはいけないものの数を数えて、少ししょんぼりしているんだ」

アイオリアは自分でもわからないうちに言葉を失った。

少年は、およそ人間くささを感じさせない笑《え》みで彼女を見上げた。

「すごくすごく苦労して見つけた大切なものだったのに、あっというまに手放さなければいけなくなって、またこれからはじまる同じような繰《く》り返しにうんざりしているんだ。あなたはいままであまりに失うものが多すぎて、少し意固地になってしまった。だからあなたは、大切なものを見つけると手放したくなくて必死で囲いをつくる」

「花園《はなぞの》だ」

アイオリアは言った。

「わたしは、花園をつくった。彼女たちのために。そして自分のために。自分の花が強い風や雨で散らされてしまわないように」

「けれどどんなにそこを居心地《いごこち》よくしても、みんなそこから出て行ってしまうんだ。あなたはそこから出られないのにね。そうしてまた取り残される」

「っっ」

心をひねられたように、アイオリアは顔をしかめた。

「それがあんまりにも辛《つら》くて、あなたはいつかは分かたれていくのだったら、どうして最初から出会うのだろうと思ってしまった。

心は油のように冷えると固まってしまうんだよ。あなたは、つらい思いをするならはじめからなければいいとまで思うようになった。

知らなければよかった。行かなければよかった。言わなければよかった。

愛さなければ、よかった――」

アイオリアは心の中で無意識に反芻《はんすう》していた。

(愛さなければ…)

「あなたは、はじめからなにもしないでいるのがいちばん傷つかない方法だと信じている。なのにいつも自分の作った部屋の中にいて、誰かが入ってきてくれるのを待っているんだ。おかしなことでしょう」

「あ…」

「矛盾《むじゅん》だよね。まるでかくれんぼうだ。見つかりたくないと思っているのに、ずっとひとりでいるのはいやなんだ。見つかりたくない…、でもほんとうは見つけて欲しい…。自分からは言えないけれど隠れた心に気づいて欲しい」

少年は、自分よりずっと背の高いアイオリアの冷えた手を掴《つか》んだ。彼女は震えた。

「どうしたらいい…」

うめき声に似たつぶやきが自分の口から漏《も》れた。

「自分でもわかっているんだ。でも——怖い」

自分自身を、さらけだすのは。

(そして、一人でいるのはもっと怖いんだ)

そのアイオリアの声にしなかった想《おも》いを、なぜか彼はくみ取っていたようだった。

「さびしくないようにするための方法は、ふたつあるよ」

「ふたつも?」

「あなたはいま幸せでしょう」

幸福、という単語を彼はとても耳に心地よく発音した。

「知らなければ良かったと思うことはたいてい知ってしまったあとだし、別れが辛いのは出会ったからだ。失うものが多いのは、それだけたくさん手に入れたからだ。それで幸福になったからだよ」

彼の言葉は、不思議と押しつけがましさや重さがまったくなく、水のように心の中にしみ通ってきた。

「ぼくの大事な人はね、人間の本質は快楽ではなく痛みなんだと言っていた。痛みの恐怖《きょうふ》を知っているからこそ、人はそうではないことを望む。そうではないことに幸福感を感じる。ぼくらはいつも痛いのはいやだいやだと思っているよね。でも、実際痛みを感じなくなってしまったら、ぼくたちの生にこれほどのよろこびはあるだろうか」

彼は大事そうに包み込んでいたアイオリアの手に、自分の頰《ほお》を寄せた。

「あなたの痛みは貴《とうと》い。それでこそ血はあたたかく、全身をめぐって冷えることはない」

恐《おそ》れないで、と彼は言った。

少年に摑まれたところから日差しよりも温かいものが流れてきて、やがてアイオリアの作り出したものとひとつになる。

そのぬくもりが、花は散るからこそ美しいことをアイオリアに思い出させた。

(そうだ。花は散るからこそ美しい)

彼女はなにかを抱《いだ》くように強くそう思った。ずっと咲《さ》き続けるつくりものの花に、あれほどの潔《いさぎよ》さがあるだろうか。

そして人が去るからこそ、今がこんなにも愛《いと》おしい。いつか思い返すときがきて、そのわずかながらにも触《ふ》れあった部分の蝶番《ちょうつがい》のようなかけがえのなさを知るのだろう。

(相反するものは、決して害ばかりではないのだ)

アイオリアは不思議な気分になった。

失ってからでしか、気づけない想いがある。

痛みでしか保てない正気も、夜にしか光らない星も、

人の不幸の中に、みずからの喜びを見いだすことも。

「愛よりも確かで…」

と、彼女は呟《つぶや》いた。

「愛よりも快く、愛よりも美しく、愛よりも幸福なことはいくらでもあるのに、人が愛さずにはいられないのはなぜだろう」

アイオリアは、光のなかにたたずむ少年をよくよく目を凝《こ》らして見た。

(心に、直接そそがれるようだ…)

「きみは、もしかしてひだまりの精か」

「何故《なぜ》」

「古い家の明るいひだまりには思い出の精が棲《す》んでいて、たたずむ人を懐《なつ》かしい思いにさせる

というから」

その問いには直接答えずに、彼は真顔で言った。

「あなたを抱きしめてもいい？」

アイオリアは少し愕《おどろ》いたが、ぎこちなく頷《うなず》いた。彼女より少し低いほうから細い腕《うで》がのびてくる。

細い腕だ。

骨のような腕だ。

けれど、アイオリアは彼に抱きしめられて、まるでやわらかい布につつまれたような安堵《あんど》感《かん》を覚えたのだった。

「ほんとうはね、ぼくも寂《さび》しくて…。もう彼はいないのだと認識《にんしき》してしまうのが怖くて、だからあなたを呼んだんだ。あなたはぼくの哀《かな》しみに引きずり込まれたんだね」

少年は不思議な風の音のする声で、彼女にささやいた。

「でも、あなたと話しているうちに大事なことが言えていたよ。

あなたの言うように、すべての物事は相反するものが背中合わせになっていて、それでひとつと数えるのかもしれない。彼がいなくなってこんなにも哀しいけれど、それはそれだけぼくが彼を愛していたということだ。彼を失って哀しいと思う心でぼくは幸福だ。だからぼくは言うよ」

彼の息を吸う音がした。

「さっきの答えを持っている人間をあなたは捜《さが》すべきだ。なにかの隙間《すきま》ではなく――」

――さようなら、シングレオ。

ひだまりは消えた。

「えっ」

ついさっきまで見えていた光景が、瞬《まばた》きをした瞬間《しゅんかん》から消滅《しょうめつ》していた。

アイオリアは、一瞬ここがどこだかわからなくなって後ろを振《ふ》り返った。

するとぶらさがっていた白い布の山はもうどこにも見あたらず、かわりに青いやわやわとした帯のようなものがアイオリアのまわりに立ちこめ始めていた。

「ど、どうして、これは……？」

彼女はおちつきなく靄《もや》をかきわけた。そこにあったのは、途方《とほう》もない量の寂寞《じゃくまく》とした時間だった。

どこからともなく青い風が吹《ふ》いていて――いや、風というよりは青と白の水が決してまざりあうことなく縒《よ》りあわさって、それがやはりどこへとも知れぬ方角へ向かって流れていく。

怒濤《どとう》――まるで雨が降ったあとの水かさのました川のように、ものすごい勢いでどこかへと押し流されていくのだ。

「ここは、どこだ」

中州《なかす》に取り残されたように、アイオリアは立ちつくした。なにかが動いているのを見ていて、それが音がしないというのは奇妙《きみよう》なものだ。

ふいに、目の前に青と白以外の色が現れ始めた。アイオリアはなんだろうと、思わず目を細めた。

人だ。

だれか、アイオリアの見知らぬ人間のいくつもの顔が見える……

『我々三人は母親の違《ちが》う兄弟だ。それもほとんど誕生日は同じときた。これがシャンテリィの意思でなくてほかになんだと言うのだ。そうだろ』

テーブルを叩《たた》いて声高《こわだか》にそう叫《さけ》ぶ男——。彼の側《そば》には困惑《こんわく》をかくそうともしない青年と、まったく気にもせずになにかを書き続けている陰気《いんき》な顔つきの男がいる。

『舞台《ぶたい》に主役は二人いらない。したがって私に出番はない。創作の邪魔《じやま》をしないでくれ』

『だって。やっぱりぼくら二人にヒロインは無理だよ。兄さん』

『まったく、なんで君らはそんなにそろいもそろってやる気がないんだ。もうちょっとやる気を出せよ！』

その光景は、あっというまにアイオリアの側を流れて、見えない滝壺《たきつぼ》へすいこまれていった。

さまざまな絵が見える。

青と白のいくつものしじまの間に、人の姿が現れてはあぶくのように消えていく。椅子《いす》がたくさん並んだ長いテーブルで、たったひとり食事をとる隻眼《せきがん》の青年…。それとまさしく同じテーブルで向かい合って座る同じ顔の少女。

星を燃やしたあとのような青い灰。

無言の画家。

この世にはないはずの花を売る女――

そこにはすべての人間に忘れ去られもう旋律《せんりつ》も残っていない歌や逸話《いつわ》が、腕の静脈の青さのように流れていた。

これは　夢　だろうか。

アイオリアは汗《あせ》ばんだ手のひらで額《ひたい》を押さえた。

夢じゃない。これは夢なんかじゃない。たしかに自分はかくれんぼうの隠《かく》れ場所を探していて、ここへ迷い込んでしまった。

彼女は、あの磨《みが》かれた鋼《はがね》のような黒髪《くろかみ》を思い出した。

『あなたは、大切なものを見つけると手放したくなくて必死で囲いをつくる。けれどどんなにそこを居心地《いごこち》よくしても、みんなそこから出て行ってしまうんだ。あなたはそこから出られないのにね。そうしてまた取り残される』

あの少年の言ったことがほんとうなら、ここはわたしが作り上げた心の部屋だ。

ときおり青や白のおかしなものが見えるのは、ここが時間とは隔絶《かくぜつ》されているからだろう。

わたしの心の中は時として花園《はなぞの》だったり棺桶《かんおけ》のようだったりする。そこに流れる時は、今わたしの体を動かしている動力と同じではない。

そうしてあらゆるものがここでは役にたたない。法律や常識など存在しない。人の心というものが自分でもどうにかなるものじゃないことは、だれだって知っている。

だから、わたしはここから出られない。

ここから出るすべをもたないのだ。だからこそ、わたしはオクタヴィアンや様々な人が、自分から去っていくのを恐《おそ》れたのだから。

(いやだ)

アイオリアは切望した。

ここから出たい。抜《ぬ》け出したい。

いつまでも同じことで悩《なや》んでいるのはいやだ。いつまでも同じようなことでつまずいているのはいやだ。

なのに――いつだって決断したいのに、わたしにはもどかしいものに振り下ろす金の斧《おの》がない。

(どうしたらいい!)

彼女は顔を覆《おお》った。

(どうしたら、この自分の部屋から抜け出せるんだ⁉)

＊

「――それでは、アイオリア様はご自分にとらわれていらっしゃるということ？」

　オクタヴィアンが二杯目《はいめ》の花茶に口を付けながら言った。

「ご自分でつくりあげた壁《かべ》の中に閉じ込められる。そんなことがあるんですの…」

「古いものに魔力《まりょく》が宿るのはそう珍《めずら》しいことではない。たとえばこの茶器だ。ここに置いていればただ茶をくむための道具にすぎないが、これを塔《とう》の上から落としたとき運が悪ければ大けがをする。それと同じだ。同じ物でもどこにあるかによって力が違うように、それが古いというだけでそれは大きな違いをもつのだ。

　オリエの場合、そのときの心象と隠れなければいけないという強い思いに、冬宮という建物のもつ魔力が作用してそうなったのだろうな」

「冬宮のもつ魔力…？」

　ブリジットが小首をかしげてみせる。

「冬宮は昔の後宮だ。防犯の面からとかく扉《とびら》が多いことで知られている。だからなにかを閉じ込めよう、つながろう、かくしてしまおう――そういった思いに強く反応するのだろう」

　お茶の味などわからないといった様子で、オクタヴィアンがため息をついた。

「陛下が見つからない理由はわかりましたけれど、それでは陛下はいったいいつこちらに戻《もど》ってこられるのでしょうか」

形のよい眉《まゆ》が、きゅっと寄せられる。

「まさかこのまま、ヒルデグリムに閉じ込められてしまうなどということは…」

「それは、おそらくないだろう」

二人の不安を打ち消すように、ゲルトルードは不敵に微笑《ほほえ》んで見せた。おもむろに戸口にひかえていた女官に向かって手をたたく。

「例のものをこれへ」

オクタヴィアンとブリジットは顔を見合わせた。

「例のもの…?」

しばらくして鈴《すず》の音が鳴り響《ひび》き、誰かの入室が告げられる。

タペストリーの奥から現れたのは、この花園にはめずらしいずいぶんと歳《とし》のいった女中だった。

「お召《め》しのものでございます。大公殿下《でんか》」

「ターシャ＝スカラッティと申します、お初におめもじつかまつります、殿下。そしてお部屋様がた」

ターシャという名らしいその女中は、女官の正式な作法どおりに、胸の前で手を交差させて軽く膝《ひざ》をおった。

ゲルトルード付きの女官の一人が、なにか古い布のようなものを運んでくる。

「大公殿下。お言いつけ通り衣装寮《いしょうりょう》で保管しておりました古いお衣装の中から、ご所望《しょもう》のものをみつけてございます」

ゲルトルードは小さく頷《うなず》くと、ターシャに向かって確かめるように言った。

「誓《ちか》って、そなたが国王陛下のものとして作ったものではないのだな」

ターシャはあきらかに硬《かた》くなっていたが、それでも何度も頷いた。

「お、おっしゃる通りでございます。わたくしはたしかに十年ほど前に国王陛下のサーコウトに赤いドラゴンをはじめて刺繍《ししゅう》いたしました。参考にしましたのは冬宮の踊《おど》り場にかかっている神話の絵で、けっしてこのようなものが現存しているとは、探し出した今日まで存じませんでした」

ゲルトルードは今度は満足気にうなずき、なんのことだかわからないといったふうの二人に向き直った。

「オクタヴィアン、このお針子は例のオリエの愛人らしき銀髪《ぎんぱつ》の男とオリエが密談しているところを目撃《もくげき》した女中だ。

彼女によると、その目撃したときにオリエが着ていたサーコウトは、たしかに彼女が仕立てから手をかけたもので、同じものはふたつと作っていないらしい」

オクタヴィアンとブリジットは代わる代わる頷いた。

「わたしは、冬宮で怪《あや》しい男を見たという噂《うわさ》は、はじめからこの古い宮殿《きゅうでん》の扉がどこかへつながったときに迷い込んできた、ほかの時代のものではないかと推測していた。だが、この者はたしかに赤いドラゴンの刺繍をしたサーコウトを着たオリエと、銀髪の男がきわどい会話をしていたのを聞いたという。おかしなことだ。たしかにオリエと背格好が似ていた青年など、冬宮二五〇年の歴史の中でいくらでもいよう。しかしそのサーコウトは彼女が作ったものだ。とすれば、その密談をしていた黒髪の人間はオリエ本人以外考えられない」

「確かに」

「そのとおりですわね」

「そこで、わたしはある可能性を思いついた。もしかしたらオリエが扉をくぐって過去にたどり着いていたとしたら、そこで誰かにサーコウトを渡《わた》すようなことがあったとしたら…？　過去にいた誰かがオリエのサーコウトを着ていて、その場面をこの女中は目撃してしまったということが考えられはしまいか、とな」

ゲルトルードはお付きの女官からその古ぼけた衣装をそっと受け取った。ずいぶんと生地《きじ》がいたんで、ところどころ染めがうすくなったり刺繍糸が灼《や》けてしまっている。それでもたしかにそのサーコウトは、オリエが愛用している赤のドラゴンの意匠《いしょう》が入っていた。

パルメニア王家には歴代数十人の王がいたが、赤い火を吐《は》く竜《りゅう》の紋章《もんしょう》を使ったのはアイオリアただ一人である。

「ほう…、これはオリエのやつめ、ずいぶんと古い時代にまで迷い込んだらしい」

「三代国王イザーシュ＝ミゲル陛下ゆかりの品々に、このサーコウトが混じっておりました。三代陛下がお召しになったものかどうかについては、ただいま史書官が調査をしております」

ゲルトルードは頷いて、サーコウトを返した。

「イザーシュはたしか見事な銀髪に青い目をしていたという。この者が見たのはイザーシュではなさそうだ」

ゲルトルードは手をふって、ターシャ＝スカラッティを退出させた。まだどこか靄《もや》がかかっているような表情でオクタヴィアンが言った。

「わからないと口ではおっしゃいながらも、大公殿下はすでにそのサーコウトの本当の持ち主のことをご存じのような気がいたしますわ」

「そうでもないぞ。あれのやることは突拍子《とっぴょうし》がなさすぎて予測できん」

「ことアイオリアさまに関することで、あなたさまがご存じないことなどあるように思えませんもの。もしあったとしたら、このようにゆったりとわたくしども相手にお茶などされておりませんでしょう」

ゲルトルードは一瞬《いっしゅん》きょとんとして、それから珍しく困ったように口元を押さえた。

「べ、べつに余裕《よゆう》があったわけではないのだ。ただあの女中が見たというのが銀髪の男と黒髪《くろかみ》の女だったというから…」

それから、急に憮然《ぶぜん》となった。

「わたしにだって、オリエのすべてがわかるわけじゃない…」

機嫌《きげん》を損《そこ》ねた猫《ねこ》のようなしぐさに、ブリジットとオクタヴィアンが顔を見合わせて笑う。

「これで陛下がサーコウトをなしに戻っていらっしゃったら、大公殿下の考えはあたったことになりますわね。

あれから約束の三日は過ぎていますから、賭《か》けは陛下の勝ちというように見えますが…」

控《ひか》えめに言ったブリジットに、オクタヴィアンが反論する。

「では、ヒルデグリムに行かれたのでは、だれにも捜し出せなくて当然じゃなくて」

「では、どうやらこの勝負はひきわけということに」

「そうね、ブリジット。わたくしはなんとか引退できそうですけれど、花園《はなぞの》に男を入れるのは難しそう…」

レカミエの上でむっつりとなっていたゲルトルードが機嫌を直した。

「こちらの賭《か》けはわたしの勝ちだな。オクタヴィアン」

オクタヴィアンは額に手を当てて嘆息《たんそく》した。

「残念ですわ。イングラム卿《きょう》にはっぱをかけるにはこれ以上いい案はないと思いましたのに」

「さっさと引退してよいぞ。オリエにはわたくしがいるのだから」

「まあ、憎《にく》らしいこと。ご自分は結婚《けっこん》されてもまだ甘い椅子《いす》にお座りになるのね」

話題が気軽なおしゃべりへとかわり、部屋の中の空気もこころなしかやわらいだようだった。

謎《なぞ》が氷のようにとけて流れたあとは、ゆったりと甘いものを口にする時間がいい。ブリジットがしっとりと甘い蜜《みつ》をふくんだスポンジを切り分ける。

「ところで、お二人がなされていたという賭けは、いったいなにを賭けられたんですの?」

ゲルトルードが椅子の縁《ふち》を撫《な》でながら、

「このレカミエだ」

「そうなの。わたくしが勝ったら、その猫のレカミエをちょうだいするつもりだったのよ」

「それで大公殿下がお勝ちになられたら、侯爵夫人《こうしゃく》からなにをいただくおつもりだったのですか？」

「それは…」

言い掛《か》けたオクタヴィアンを、ゲルトルードが目で制した。

「つまらないものだ。所詮《しょせん》これは遊びだからな」

オクタヴィアンが扇《おうぎ》の内側でクスリと笑う。

それを横目で見たゲルトルードは、いつものポーカーフェイスを装《よそお》いながら、

「…つまらないものなのだ」

と、口の中で呟《つぶや》いた。

＊

アイオリアは途方《とほう》に暮れていた。

あいかわらず、そこは青と白のしじましかない空間で、行けども行けどもなにも見えてこない。ときおり、波間《しず》からのぞく魚の尾《お》びれのように映像がのぞくときがあるが、それもあっというまに白の中に沈んで見えなくなってしまう。

「やれやれ、どうしたものか」

彼女は疲《つか》れたようにその場に座り込んだ。

『あなたは、はじめからなにもしないでいるのがいちばん傷つかない方法だと信じている。なのにいつも自分の作った部屋の中にいて、だれかが入ってきてくれるのを待っているんだ』

そう鋭《するど》く彼女の心を読んだ、あの少年の言葉が忘れられなかった。

「いつからわたしは、こんなふうに臆病《おくびょう》になってしまっていたのかなあ」

今回こんなふうになってしまった原因は、オクタヴィアンが花園を出て行くと言い出したからだった。数ある愛妾《あいしょう》の中でも特に親しくしていた彼女だったから、急にそっぽを向かれたようでがっくりきたのだ。

…人に去られるのは苦手だ。それがどんな理由であっても、おまえなんかいらないと言われているようでたまらなくなる。

落ち込みたくない、傷つきたくない。そういった思いから、あの少年の言うように受動的になってしまっていたのも事実だった。なにもしなければいい。自分から何かするよりかは、こちらに向かってくるものを受け止めていれば必要以上に傷つかない。

言わなければいい。

行かなければいい。

愛さなければいい。

みんな高い壁《かべ》に囲まれた楽園にいればいいいんだ。そうすれば風に散らされることも雨に苛《さいな》まれることもない。そのためにアイオリアは自分の心の中を花園のようにしてきたし、実際でも愛するものをそういうふうに守ってきた。

けれど、皆《みな》出て行ってしまった。

そして、オクタヴィアンもまた花園を出ていくという。

(何故《なぜ》だろう…)

アイオリアは膝《ひざ》をかかえて小さくなった。

(みんなわたしといっしょにいれば苦しむことはないのに、どうしてわたしから離《はな》れてしまうんだろう。ずっとわたしが守ってあげるのに。そうしないと、彼女たちは散らされてしまうのに…)

「疲れた」

アイオリアはなにもかも考えるのがいやになって、その白い波の上にごろりと横になった。不思議な感触《かんしょく》だった。水のようでいて、砂のようでもある。布にくるまれているようで、岩のような硬《かた》さもある。

もう、なにもかもどうでもいい。

彼女は、わずかに手にしていた意識すら摑《つか》んでいるのがおっくうになった。

どうせここから出ることとなんてできないんだ。だれもわたしを捜してはくれない。

かくれんぼうのとき、オニを待っている時間だけがひどく嫌《いや》だった。このまま誰もみつけてくれなかったらどうしよう。自分をおいて帰ってしまったらどうしようって、そればっかりが頭をよぎった。だから見つかったときは残念な反面、ひどくほっとしたものだ。

見つかりたくないと思っているのに、ずっとひとりでいるのはいやだ。見つかりたくない…、でもほんとうは見つけて欲しい…。自分からは言えないけれど隠《かく》れた心に気づいて欲しい。

(それは、なにに似ていたんだっけ?)

ぼんやりと、アイオリアがまどろみに身を浸《ひた》しかけていた、そのとき——


「アイオリアさま!」


声が聞こえた。

アイオリアはがばっと勢いよく起きあがった。

いま、たしかに声が聞こえた。耳慣れた、自分の耳になじんだ声だった。

「アイオリアさま、どちらにいらっしゃいますか!」

「ナリス!?」

アイオリアは立ち上がると、声がしたと思われる方に向かって駆《か》けだした。

そんなにも、自分が必死になってもう一度呼びかけてくれるのを待っていることに、アイオリアは驚《おどろ》いていた。

あいかわらず周りは真っ白でなにもなかった。踏《ふ》んでも感触のない地面に、青と白のまだらに流れる川があるばかりで、出口らしき扉《とびら》はない。

だ。


(でも、声が聞こえた)

アイオリアは、白い世界のほんの小さなきっかけを求めて走り回った。

幻聴《げんちょう》だとは思わなかった。今、たしかに聞こえて、たしかに自分の中でなにかが変わったのだ。

それは、小さなノックだった。

アイオリアは、ある白い壁の前に立ち止まった。

たとえば心が、ひとつの部屋だったとして…

誰かの心の中に入っていきたいと思ってノックしても、中から固く鍵《かぎ》をかけられたら、もう二度とその人はノックはできないだろう。人は、一度でも拒絶《きょぜつ》されたら臆病になる。ふたたび触《ふ》れられるとは思わないだろう。

けれど、変わる。

ある日、唐突《とうとつ》に奇跡《きせき》でもなんでもない変化が起きて、かかっていた扉の鍵が解かれているんだ。

その変化はわかりにくい。ぱっと見ただけでは、かんぬきがあがっているかどうかなんてわからない。

だから大事なことは、

(こうやって何度でも)

(ためらわず、恐《おそ》れずに)

扉に、手をかけることだ。

アイオリアはその中の一方が、古い漆喰《しっくい》のようにでこぼことしているのを見つけた。

「ここだ」

アイオリアは強い意志で、壁に向かって手を伸《の》ばした。


「方法は、いつでもふたつある！」


普通《ふつう》のドアがあくのと同じ感触だった。

アイオリアは、目の前にすっとんきょうな顔をしたナリスが立っていることに気づいた。

「ナリス…？」

彼は信じられないと、その綺麗《きれい》な水色の瞳《ひとみ》を丸くしていたが、

「陛下…」

とつぶやくやいなや、アイオリアの腕《うで》を摑んでものすごい力でひっぱった。

「ちょっ…」

「陛下!!」

あっというまに彼の胸の中に抱《だ》き込まれて、アイオリアは啞然《あぜん》とした。

「…ご無事で、…よかった――」

それはささやきでも安堵《あんど》でもない、祈《いの》りの言葉にていた。

(苦しい…)

アイオリアはすぐに彼を振《ふ》りほどいてそこから逃《のが》れたいという衝動《しょうどう》と、もう少しこのまま抱かれていたいと思う、ふたつの相反する心にとまどっていた。

けれど、それもすぐさま納得《なっとく》に変わる。

(そうか。相反するものでもいいのだ)

あの黒髪《くろかみ》の少年がいっていたように、すべての物事は相反するものが背中合わせになっていて、それでひとつと数えるのかもしれない。

反対で、ひとつなのだ。

おなじものなのだ。決して切り離せはしない。

この世の中には、そんなふうにできているものが多くある。

夜にしか見えない星や、散る花や、
愛よりも確かで、愛よりも快く、愛よりも美しく、愛よりも幸福なことはいくらでもあるのに、人が愛さずにはいられないこと…

「…ナリス、そろそろ放せ」

「えっ、あっ、あああああっ!」

息苦しくなってそう言うと、ナリスは慌《あわ》てたように腕の力をといてアイオリアを解放した。

「申し訳ありませんっ、つ、ついほっとして…」

青くなったり赤くなったり忙《いそが》しいナリスを尻目《しりめ》に、アイオリアはそのつきあたりの壁《かべ》を見た。

不思議なことに、いまさっき彼女が出てきた場所はただの漆喰の壁で、ドアどころか取っ手すら見あたらない。

壁をぺたぺた触《さわ》っているアイオリアに、怪訝《けげん》そうにナリスが言った。

「陛下、今までいったいどこに…、そう言えば上着はどうされたのですか？」

「ああ…」

アイオリアは、ふと自分が上着をあちらに置いたままにしてきたことを思い出した。

夢ではない。

ここに扉があったことも、不思議な少年が自分に語りかけたことも夢ではない。けれど、

「ま、それでもいっか」

一人納得して、足早に歩き出す。

「陛下、おまちください。いままでいったいどこにいらっしゃったのですか。我々はずっとお捜《さが》ししていたのですよ」

「おやナリス。私を捜していたんなら、お前が花園《はなぞの》に入りたかったのか？」

「えっ、ち、ちが…」

「あはははは」

慌てたようなナリスの顔がおかしくて、アイオリアは肩《かた》を震《ふる》わせて笑った。

「花園にいたよ」

「陛下？」

「花園にいたんだ。わたしが作った夢の花園にね」

つまり花園とは、アイオリアの心そのものだった。

人はだれしも心の中に小さな箱庭をもっている。そして幼い頃《ころ》、いつもそこは花園だった。今ならごみにしか見えないようなものでもすてきに思えたものがたくさんあって、そこはそんな物にあふれていた。垣根《かきね》はひくく、ドアは開いていた。ゲルトルードやかつての夫やナリスのような来客が常にあった。そこへいたる扉に鍵をかけたことなどなかったのだ。

(なのに、いつからかわたしはそこに高い塀《へい》をたててしまいたいと思うようになったのだろう)

アイオリアは記憶《きおく》のひだを優《やさ》しくまさぐった。

(たぶんそれは、強い風や雨や嵐《あらし》がわたしの上を何度も訪《おとず》れたからだ)

人は傷つけば傷つくほどかたくなになっていく。

いつのまにか大人になって、彼女は閉じこもることを覚えてしまった。自分が傷つくのがいやで、扉をかたく閉《と》ざしてだれも中まではいってこれないようにした。だれからも見えないように傷つかないように幾重《いくえ》にも取り囲むことで、わたしはわたしの花園を守ろうとしたんだ。

「なあナリス。いったいいつから、人はこんなふうにしか、なにかを守れなくなってしまうんだろう」

彼女はひとりごちた。

何かを守るということは、壁をたてることだとどうして思ってしまったのか。まるで、堅《かた》い信仰《しんこう》のように。

けれど、きっとそんなことをしても意味はないのだ。

雨が冷たいから風がきついからといってまわりに壁を作ってしまっては、いずれ花は枯《か》れてしまう。陽《ひ》が――あたたかさが届かないから。

(人の心もそういうものだった…)

心にだって壁がなければ生きていけない。あけっぴろげすぎると、余計に傷つくことが増える。けれど頑《かたく》なすぎるのもいけない。傷つくのを恐れていては、大事な人の気持ちまで伝わらない。

そのあんばいがむずかしい。

なにかを守ることは壁をたてることではない。隔絶《かくぜつ》することではないのだ。そんなものは一時的なものでしかない。

だから、彼女たちは去っていく。

凛《りん》と背中を伸ばして、ただの一度も振り返らずに、花園の花たちは楽園を去る。

誇《ほこ》らかなその後ろ姿に、わたしはいつも言いようのない寂《さび》しさとはべつの、力強さを感じてはいなかっただろうか。

(わたしはずっと、あの背中を美しいと思っていたのだ)

アイオリアはやわらかいものを受け止めるように、そう自覚した。

「ナリス、オクタヴィアンの引退を許すことにする。奥は早急《さっきゅう》に花送りの準備に入るように、全員に通達せよ」

「えっ？　…は、はっ」
背中で、ナリスが慌てて了承《りょうしょう》の礼をとった。
アイオリアは、そのまま自分の部屋に向かった。
（わたしは、これから何度でもあそこに閉じ込められるだろう）
不信や痛がりな心が壁を作りあげ、いつのまにか閉じこもってしまうのだろう。
けれど、そのたびに自分で出ていけばいい。
そこが居心地《いごこち》のよい場所であればあるほど、人はその場所を捨てなくてはならない。
そうすることで強くなれる。
花園を出て行った彼女たちの背中は、あんなにもまっすぐで美しかったのだから。
「忙しくなるなあ」
アイオリアはのんびりと背伸《せの》びをしながら言った。
愛は壊《こわ》れやすいからこそ貴《とうと》く、人はずっとと願う。
そして、人は去るからこそ、いっしょにいる今がこんなにも愛しいのだ。

第三幕　ドラゴンの好物

　こうして、第一夫人オクタヴィアン＝グリンディ侯爵《こうしゃく》夫人の進退と、国王アイオリアの男の愛人疑惑《ぎわく》事件は、アイオリア自身の完全否定と彼女が夫人の引退を許したことであっさりと決着を得た。

　アイオリア自身は冬宮で怪《あや》しい男が目撃《もくげき》されていたことをさっぱり把握《はあく》しておらず、後日第一夫人への昇格《しょうかく》が内定している第二夫人クラウディア＝ファリャ公爵令嬢《こうしゃくれいじょう》の報告を受けて、

「え、そんなことになってたの？　知らなかった」

と、なんとも間《ま》の抜《ぬ》けた回答を残している。

　いずれにせよ、歴史あるパルメニア王宮の花園が男の靴《くつ》で踏《ふ》み荒《あ》らされることはなくなり、後宮の女たちはいちように胸をなで下ろした。それと同時に、やはり愛人なのではないかと疑いをかけられていた各師団の団長たちも、これで平和の生活が戻《もど》ってくると深く安堵《あんど》したのだった。

　それから一月《ひとつき》後の第一夫人オクタヴィアンの勇退式を明日にひかえた前夜、国王アイオリア

主催《しゅさい》の舞踏会《ぶとうかい》が盛大《せいだい》に開かれることになった。

この前夜祭とでも言うべきパーティは、毎回参加者全員がある趣向《しゅこう》をこらして行われる。前回の引退者シルビア＝オーガスタを惜《お》しんで開かれたときは、彼女の身請《みう》け代として国王に献《けん》上《じょう》された温泉保養地にちなんで、〝後宮を温泉にしてしまえ大パーティ〟が催《もよお》されたものだった。

わざわざ花園の中庭に作られた仮設の温泉池には、冬も近いというのにどこからか運び込まれた花が浮《う》き、女官やお針子、それに洗濯掃除婦《せんたくそうじふ》までが嬌声《きょうせい》をあげながらわれさきにと温泉池に飛び込む…。この光景は王宮の奥深くで催されたパーティであるにもかかわらず、一晩の内にローランド中に知れ渡《わた》り、男たちの想像力をいたく刺激《しげき》したという。

伝説――、そうまさにアイオリアは生きた伝説だった。どこのまっとうな人間が、たったひと晩のために後宮のどまんなかに五百人が浸《つ》かることができる温泉池を作るというのだろう。

そして、そのおかしな趣向は今回も行われることになった。その、はた迷惑《めいわく》な生きた伝説が親友の第一夫人のために凝《こ》らした趣向とは――

「後宮に勤務するすべての女性は、明日は皆《みな》男物のサーコウトを着用するように」

「男装⁉」

なんと、長年アイオリアの影武者《かげむしゃ》を務めた彼女にちなんで、後宮女官全員男装による大倒錯《だいとうさく》的舞踏大会を開催することを発表したのである。

「男装ですって」

「わ、わたくしたちが？」

「殿方《とのがた》の着るサーコウトなんて、わたくし持っていませんわ！」

「わたくしだって」

——というわけで、衣装寮《いしょうりょう》のお針子たちに繕《つくろ》い物や父親のサーコウトのお直しが殺到《さっとう》したのは言うまでもない。

しかしちゃっかり者のお針子たちは、どの頼《たの》まれものより先んじて自分の着るサーコウトを仕立て上げていた。

もちろん後宮の女官たちは我先にと休暇《きゅうか》をとって街の仕立て屋におしかけ、あるいは新品のサーコウトを買いもとめた。エドリアからの織物がすべて入ってくるといわれているローランドの織物街チャコール街は、一時サーコウトを求める若い娘《むすめ》の集団でごったがえしたという。

この混乱をまのあたりにした織物商たちは、「こんなことはチャコール街はじまって以来の珍事《ちんじ》だ」と口々に語り合った。

ともあれ舞踏会の当日、王宮の大広間は男装をした女性たちであふれかえり、皆生まれて初めて着用する男性用のサーコウトに照れるやらまんざらでもないやらでおおいにはしゃいでいた。中にはあまり乗り気でない者もいたが。

「んもう！　オクタヴィアンの勇退パーティに着るドレスは、もううーんと前から用意してあったのに、まさか男装大会なんて」

瞳《ひとみ》の色にあわせて若草色のサーコウトを身につけたりりしいクラウディアが、いつもの癖《くせ》で手にしている扇《おうぎ》の内側で歯ぎしりをした。

「わたくしがこの花園の筆頭お部屋さまになるお披露目《ひろめ》でもあったのに、こーんな趣向ではわたくしが埋《う》もれてしまうじゃないの！」

「まあまあクラウディア」

やはりこちらも髪《かみ》の色に合わせて深紅《しんく》のサーコウトを着ているアデライードが、クラウディアの膝《ひざ》に手を置きながら言った。

「だいじょうぶ、背はずいぶん足りてないけどかわいいわよ」

「そんな少し上から見下ろして言わないでよ！」

クラウディアはきかん気の子犬のようにわめいた。

「どーせわたくしは背が足りないわよ。なによ、こんなときに目立ったってそれが女性としてすばらしいというわけじゃないんですからね！」

キッと鋭《するど》くした視線の先には、クラウディアのライバルである第三夫人ブリジット＝パルマンによる果実酒の給仕が行われていた。大人のおちつきと優雅《ゆうが》さを兼《か》ね備えたブリジットの男装は、本人がはじめてだというわりにはなかなかのもので、指先まで洗練された果実酒のあわせ技《わざ》に周囲からは甘いため息がこぼれている。

「みなさま、普段《ふだん》の格好と違《ちが》うというだけでこんなにも変わって見えるのですね。装《よそお》ってなんておもしろおかしいんでしょう」

長椅子《ながいす》に腰掛《こしか》けてころころと笑っているのは、第七夫人のマリー＝フロレル＝ビクトワール子爵令嬢《ししゃくれいじょう》だ。足の悪いフロレルはめったに花園《はなぞの》の奥から出てくることはなかったが、今日はちゃんと趣向どおり襟元《えりもと》をずらして色彩《しきさい》をみせるエシェロン風の男性衣を着ていた。それが、男性も長く髪を伸《の》ばすというカリスの風習にもよくあって、そこに小さなカリスの子供が座っているように見える。

「パルマン夫人もとてもりりしくていらして。あれなら陛下のおかぶをうばってしまいかねませんわ」

「そういえば、アルバドラ三姉妹《さんしまい》の姿を見かけないけれど、彼女たちはいったいどうしたのかしら」

辺りを忙《せわ》しく見渡《みわた》したアデライードは、画板を片手に目を血走らせてなにかを書き続けているメリュジーヌと、同じく激しく右手を動かしているミレーユ、側《そば》ですかさず紙を供給し続けているソニアの姿を見つけて、

(ああ、なるほど)

と、見なかったふりをすることにした。

それにしても異様な光景だ。あらためて周りに注意してみると、いずれもそれなりに着こなした子女たちがお互《たが》いの姿についてやいやい言い合っているのが見える。皆めったにない趣向に興奮しているが、中でも背の高い女官たちに熱い視線が注がれているのがアデラにはなんだ

かおかしかった。

やがて、本日の主役である第一夫人オクタヴィアン＝グリンディ侯爵夫人が登場すると、広間にいっそうの歓声《かんせい》があがった。さすがに男性ものを着慣れている彼女は、いつもより少し飾《かざ》り付けの多いサーコウトの着こなしも堂に入ったものである。もともとの長身に輝《かがや》きをました美貌《びぼう》が映《は》えて、相手が女だとわかっていても後宮の女官たちはうっとりと見入ってしまう。

こんな風にだれしもがめったにないこの饗宴《きょうえん》に酔《よ》いしれているころ、広間の片隅《かたすみ》では本物の男たちが目の前で繰《く》り広げられる女たちの倒錯的な光景にがたがたと震《ふる》えていた。

「も、もう帰りたい。なんでオレこんなところにいなくちゃなんないんだろう…」

と、半泣きでジャックが漏《も》らせば、

「泣くなジャック。みんな帰りたいんだ。はやくまともな女が見たくてたまらないんだ。みんなそうなんだ！」

なるべく遠くを見るように心がけているガイが、必死で親友を励《はげ》ます。

この珍事に積極的に参加している芸術家兼《けん》建築家のリオ＝ジェロニモと、キップリンのきぐるみに熱心に話しかけているヘメロスを除いてほとんどの男たちが耐《た》え難《がた》い思いをかみしめていた。ナリスはというと早々にリタイアして、コックたちに扇で顔をあおがれている。

「な、あいつらまちがってるよな!?　オレたちはこれでいいんだよな!?」

「いい、俺たちはこれでいいんだ。これがいいんだ。俺が許す。許してやるから泣くな」

「うわあああああああん！」

　そんな男たちの男泣きが聞こえてくるはずもなく、麗《うるわ》しき花園の花たちによるおかしな晩餐《ばんさん》会《かい》は場もたけなわを迎《むか》えようとしていた。

　やがて、赤いお仕着せを着た王宮音楽隊が太鼓《たいこ》の音とともに入場をはたすと、バグパイプ奏者による高らかな響《ひび》きが大広間に鳴り渡った。広間にあつまった数百人の子女たちは、花園の主《あるじ》の登場を察してつぎつぎにその場に跪《ひざまず》き始めた。

「陛下のおなりだわ」

「今日の趣向《しゅこう》は特別だけれど、陛下にはいつものことですもの。お衣装が楽しみね」

　あたりはいつものアイオリアの舞踏会《ぶとうかい》にはない異様な雰囲気《ふんいき》につつまれる。やわらかな脂粉《しふん》と花の香《かお》りのたちこめた部屋に男装をした女たちが跪いている風景はいっそ壮観《そうかん》で、アデライードは思わず息を呑《の》んだ。

　ばさっ……

　ふいに、頭上で大きな羽音がした。

「⁉」

　みな、礼をとっているのを忘れて音のした天井《てんじょう》をふりあおいだ。すると、なんと天井から布のようなものがはらはらと落ちてくるではないか。

「きゃあっ」

「これはなに⁉」

「いったいなんなの！」

いち早く布をふりはらったたれかが、上を見て声をあげた。

「羽根だわ！」

アデライードもクラウディアも、いっせいに目を丸くした。

大広間に羽根が降っていた。まるで真冬の外の景色のように、真っ白いふわふわとしたものがゆっくりと軽《かろ》やかに女性たちの上に降り注がれていく…

「雪みたいね…」

「きれいだわ」

クラウディアは両の手のひらで羽根のひとつをうけとめた。水鳥の羽根だ。たぶん、天井に張り巡《めぐ》らされていた布の上にこれが仕込んであって、布が落ちると同時に降ってくるしくみになっていたのだろう。これも、あの驚《おどろ》かせることが好きなアイオリアが仕組んだ演出のひとつにちがいなかった。

(それにしても、オリエ本人はどこへ行ったのかしら。また前みたいにハリボテの象とかに乗ってこないといいけど)

アデラはあちこちに羽根が飛んで見えにくい中を、かき分けるようにして目を凝《こ》らした。

そして――

「ああっ」

と、アデラは口を大きく開けたまま立ちすくんだ。

いつのまに現れたのか、広間のちょうど中央にあたるテ、ー、ブ、ル、の上になにかがのっかっていた。

テーブルの上にあったのは長椅子だった。それも普通《ふつう》のものとはずいぶん違う。左側に白鳥の首がついていて、全体が羽根でおおわれている。まわりは羽根が山のように積もっていて、まるでそこだけ雪が降ったかのようだ。

そこにゆったりと肘《ひじ》をひらいて足を組んでいるのは、まぎれもなく国王アイオリアだった。白いマントを翼《つばさ》にみたてているのか羽根の模様に刺繍《ししゅう》され、肩《かた》から垂らされたやわらかい布はどういうデザインになっているのか、端《はじ》っこが指輪にくっついている。

それが有名な歌劇〝白鳥の騎士《きし》〟の仮装であることは、アデラにも一目見てわかった。文豪《ぶんごう》王レックハルトが、この世のはてには美しい一羽の白鳥がいて、彼がはばたくと風がおこるといういいつたえをもとにして作った戯曲《ぎきょく》である。

その話の中では、白鳥の化身である東風のエスカリオスは、白を忌《い》み嫌《きら》う夜の王ザルカリに捕《と》らえられて食べられてしまうのだが……

そこがテーブルの上であるということを除けば、アイオリアの姿は、まるで雪の積もった湖の上に浮《う》いている白鳥の精のようであった。（ただし巨大《きょだい》）

あまりの派手な登場の仕方にアデライードや本物の男性陣《じん》が目をむいていると、ようやくそれをアイオリアと認知《にんち》したらしい集団が嬌声《きょうせい》をあげた。

「きゃあああっ、アイオリアさまっっ!!」

「見て！　白鳥の騎士の格好をしていらっしゃるのだわ」

「あの長椅子を白鳥の小舟《こぶね》にみたてておられるのね。なんて素敵《すてき》！」

（そうだろうか…）

アデライードは誰《だれ》かに正直な感想を伝えたくてしかたがなかったが、ぐっとこらえた。

（わたしには、巨大なおまるにしか見えないんだけど…）

しかし、そんなことを冷静に考えているのは彼女くらいで、すでに彼女の側ではクラウディアが鼻息荒《あら》く「白鳥さんの陛下はわたくしのものよ、おどきなさいったら！」と叫《さけ》びまくっている。

「きゃあああ、わたくしの白鳥の騎士さま！」

「お願い、わたしを花園に入れてぇっ」

「わたしをあなたさまのお花さんにしてええっ」

〃アイオリア様の花園に入り隊〃の隊員たちも、ここぞとばかりに一声を張り上げている。よく見ると柱の陰《かげ》には女官たちの顔が縦にずらりとならんでいて、〃柱の陰〃会は今晩も活発に活動中のようだ。アルバドラ三姉妹の働きっぷりもすさまじい。きっと明日には号外が出るに違《ちが》いない。

アデライードは呆れた。

さすが登場の仕方といい、すでに体の一部となっている男物といい、アイオリアはこの世の婦女子の賞賛と嬌声を浴びるためだけに生まれてきたような、そんな存在感さえ感じさせるほどだった。

「今宵麗《こよいうるわ》しき花園の宴《うたげ》にようこそ。みんな今日も綺麗《きれい》だね。愛してるよ」

　アイオリアがもったいぶって立ち上がると、体中から白い羽根がはらはらと散った。

「美しいわたしの花たちよ。きみたちを守り続け壁《かべ》となりつづけたわたしだが、今日だけはこの翼で風を起こし、きみたちの可憐《かれん》な花弁を散らそうと思う。なぜならば花は散るからこそ美しい。花弁の数や香りがいかにかぐわしくあるとも、その一瞬《いっしゅん》に比べればまさに色もあせるというものだ。

　今宵わたしは白鳥の騎士となり、その翼をもって大いなる花の神秘に迫《せま》るとしよう！」

　アイオリアはさっと手を高く掲《かか》げた。

「音楽を！」

　彼女の合図とともに、弦楽器《げんがっき》をくわえた音楽隊が、思わず踵《かかと》もはずむような陽気な音楽を奏《かな》で始める。中でも馬の皮をはって雄《おす》の弓で音を出す五弦馬琴《トルルミン》が、とくに叙情豊《じょじょう》かな旋律《せんりつ》をはじき出している。

　はじめはアイオリアの登場にあっけにとられていた人々も、音楽につられて真ん中に集まってくる。お互《たが》いの姿がおかしいのか照れながら手をつなぐ者もいれば、すっかり男役女役がきまってダンスを踊《おど》る者もいた。

「わたくしよ！　わたくしが陛下と一番最初に踊るんだから！」

　クラウディアが弩《いしゆみ》のような速さでアイオリアのもとへかけよろうとした。しかし同じことを考えている者は多いようで、あっというまに彼女のまわりには人垣《ひとがき》が出来てしまう。

「おどきなさい！　わたくしを誰だと思っているの。わたくしはファリャ家のクラウディアよ!!」

少し小柄《こがら》なクラウディアは、いつものコタルディのボリュームのなさも相まってか、あっというまに輪の外にはじき出されてしまう。

「あらあら、クラウディアは苦戦してるみたい」

「今日はアイオリア様とオクタヴィアン様のためにあるような舞踏会ですものね。なんだか殿方《とのがた》同士が踊られているようで倒錯的《とうさく》ですわ」

フロレルが両手で口元を隠《かく》しながら笑う。

「やれやれ、オリエも罪作りね」

…にしても、後宮に温泉を作ってみたり、巨大なお皿の上に愛妾《あいしょう》たちに人魚のかっこうをさせて盛ってみたりと、毎度オリエの思いつきはとんでもない。

とどめが、この集団男装大会ときては王家の由緒《ゆいしょ》もへったくれもないものだ。ここ数年で典礼院の長官が何人も辞職していくはずである。

「アデライード様は、ダンスはいかが？」

「楽しい曲がかかっておりますわ」

「え、ええと…」

近ごろ伸《の》び盛《ざか》りのアデラにはダンスの申し込みが多く、さすがの彼女も「男性のステップがわからないから」という理由で断るにはややめんどうくさくなってきた。

「アデラったら、もてるんだから踊ってくればいいのに。サーコウト姿で踊れるなんてめったにないわよ」

「い、いいよ。わたしこういうキラキラしたの苦手だし」

「じゃあ陛下と踊っていらしたら？　さすがに最後はオクタヴィアン様と踊られるでしょうけど、最初の相手はまだ決まってないようよ」

「そうね、クラウディアと踊ってくるわ」

　せっかくのコタルディを披露《ひろう》できなかったクラウディアの手伝いをしてあげるのもいいか、とスツールから立ち上がったそのとき、

「ねえ、あの黒い羽根をつけた夜の王はどなた？」

　好奇心《こうきしん》むきだしのひそひそ声が、アデラのすぐ側《そば》でした。アデラはなんとはなしに顔を上げて、そこで息を止めた。

　床《ゆか》が白い羽根だらけの広間で、その者の黒いサーコウトは誰よりも目を引いていた。右肩《みぎかた》に濡《ぬ》れたような羽根の飾《かざ》りをつけ、夜の王がもつという牛の角の頭飾りをつけている。その夜を切り取って仕立てたような姿が綿の雪のあいだから見えてくると、人々はおしゃべりも忘れて見慣れぬシルエットに見入った。

　一方、簡単なゲームをして最初のダンスの相手を選んでいたアイオリアは、広間のざわつきに気づいてふと視線をもちあげた。そして、口を鶏《にわとり》のたまごのかたちにぽかんと開いたまま硬《こう》直《ちょく》した。

「い、い、い、いとこどの⁉」

夜の色の衣装《いしよう》を着ていたのは、グランヴィーア大公ゲルトルードだった。彼女はあぜんとしている周囲を尻目《しりめ》にアイオリアの前に立つと、

「どうしたオリエ、そんな羽根だらけで。クッションの中身でもぶちまけたか」

「な、なんでいとこどのが…」

「オーロラが、今日の規則で男物を着用することになったとこれをもってきたのだ。なにやらごてごてと飾りがついていると思ったら、なるほどこういう趣向《しゆこう》とはな」

そうして、内包物のないアメジストの視線で一瞥《いちべつ》をくれた。

「ふむ。ブーツというのは歩きやすくて悪くはないな」

「いとこどのおおおおっ」

アイオリアは、まわりの目も忘れてゲルトルードの腰《こし》にしがみついた。

「すっごいかっこいい。すっごくすっごくいいよ。素敵。似合ってる、愛してる〜」

「そうか。だが、惚《ほ》れるなよ」

「無理、惚れる〜‼」

やがて音楽が変わったのをきっかけに、アイオリアはゲルトルードの手を引いて広間の中央に躍《おど》り出た。ゲルトルードは一瞬憮然《いつしゆんぶぜん》としたが、しばらくして何事もなかったかのようにアイオリアの手をとってステップを踏《ふ》み始めた。

「大公殿下《でんか》が踊られるのなんて、はじめて見ましたわ」

「わたくしも。いつもは夜会にはめったに顔をお見せにならないのに、今日は特別にご機嫌《きげん》がよろしいようね。いったいどうなさったのかしら」

（…にしても、やっぱり陛下が女役なのね）

だれもつっこまなかった。

アイオリアたちが踊り始めると同時に、曲の調子が三拍子《さんびょうし》から六拍子へと速まった。エオンの地に古くから伝わる、男女が交互《こうご》に踵を床にうちつけて踊るキタン・カートの踊りだ。アデライードも合わせて手拍子をうった。だんだんと曲が速くなるこの踊りに、まわりの人垣から手拍子が聞こえ始める。アデライードも合わせて手拍子をうった。たまらずに輪の中に入っていく娘《むすめ》たちがいる。

（なんて楽しいんだろう。このまま今日が終わらなければいいのに）

花が香《かお》るように笑顔《えがお》をふりまく娘たちに、アデラはふとそんなことを思わずにはいられなかった。

明日からは、また昨日と同じ毎日がはじまる。女官たちは全員同じ桃色《ももいろ》のお仕着せを着て、掃除婦《そうじふ》たちは頭を三角巾《さんかくきん》でまとめて、いままでに繰《く》り返してきたことをまたさらに変わりなく繰り返すのだろう。

そこにはなんの変化も見られないかもしれない。だって、今日という日は二度と来ない。同じように繰り返しているように見えても、過ぎ去ったものはもう再び戻《もど》ってはこないのだ。

（でも、明日のほうがいい日だわ）

アデライードは、熱のかたまりのようなものが胸の内にひたひたと迫ってくるのを感じていた。

今日という日は二度とない。けれど、今日のような日はいつかきっとある。明日をただの今日の繰り返しにしないために、みな、今日という日をせいいっぱい楽しむのだ。

あたしも。

「あたしも中に入れて！」

おしとやかさを長椅子《ながいす》の上に放《ほう》り出して、アデラは輪の中に入っていった。わあっと歓声《かんせい》が上がる。

「八のお部屋さまよ！」

「アデライードさま、もっと速くなりますわよ！」

弦楽師《げんがくし》の弦をはじく動きが速くなる。アデラは腕《うで》をまくり、慣れぬブーツの踵を打ち付けて高く足を振《ふ》り上げた。フロレルが手をふっている。クラウディアが、ずるい！　と叫《さけ》んでいる。三姉妹《きんしまい》たちがこちらを指さしてなにか言っている。ブリジットが飲み物をゲルトルードにすすめている。オクタヴィアンが笑っている。みんなみんな、笑っている…。

気が付くと曲はいくつかかわり、もう輪の中にアイオリアとゲルトルードの姿はなかった。

アデライードは息を整えながら辺りを見回した。あつらえられた長椅子にひとり腰をかけているゲルトルードを見て不審《ふしん》に思う。

「オリエは…？」

彼女はぐるりと広間を見渡《みわた》した。

けれど、アイオリアのあの派手派手しい白い姿はどこにも見あたらなかった。

彼女はほかの女たちが騒々《そうぞう》しく踊《おど》る輪の中で、相手も選ばずにぽつんと立ちつくした。

「オリエは、いったいどこへいったの…？」

*

軽快な五弦楽器《トルルミン》の音色が、王宮の壁《かべ》を越《こ》えて薄紅《うすべに》の夕べの空に響《ひび》いている。

衣装寮《いしょうりょう》のお針子ターシャは、手にしている大きな荷物を足下《あしもと》に置いて、今歩いてきたばかりの道を振り返った。

後宮の外門までの通路は一方通行になっていて、ここを歩いたものは二度と引き返すことはできない。今までも多くの同僚《どうりょう》たちがこの小径《こみち》を通って外の世界へと帰っていった。そしていま、ターシャもこの長く勤めた後宮を去ろうとしている。

三十年――、今思うと途方《とほう》もなく長い時間を、ターシャはここの花園《はなぞの》で過ごしてきたのだ。

哀《かな》しいこともたくさんあったし、うれしかったことももちろんあった。特にお針子の仕事は好きだった。目が見えにくくさえならなければ、もっともっと長くいてたくさんのお衣装を作っていたかった。

後宮を出るにあたって、実家には何度か手紙を書いた。弟の娘が結婚《けっこん》してローランドに住んでいて、ターシャのために場所を提供してくれると言ってきた。けれど、いつまでもそこにいるわけにはいかないだろう。ターシャの弟には孫が七人もいるのだ。家族のいらぬくいぶちになりたくはない。

居場所のわかる元同僚にも、勤めをやめることを知らせる手紙を書いた。何人かの手紙は返ってきてしまったものの、それでも数名からは返事がとどいた。中には、「あんたはひどい世間知らずになってるから、お金の管理は自分でするんだよ」「その姪《めい》っ子とやらはあんたの年金めあてかもしれないんだからね」と忠告してくれる者もいた。たしかに年金はターシャのような独り者が暮らしていくには十分なほどもらっていたが、ターシャにはろくに遣い途《みち》がわからなかった。

外の世界は怖《こわ》い。

たいていの愛妾《あいしょう》たちは、みな花盗人《はなぬすびと》という後見を得てからここを出て行くという。けれど、十九のときに寡婦《かふ》になって王宮に勤めるようになったターシャはひとりぼっちだった。この囲いを一歩でも外へ踏み出せば、ターシャを知っている人間はほとんどいない。

（オクタヴィアンさまは怖くはないんだろうか…）

彼女は、後見もなしで花園を出ることになった国王の第一夫人のことを思った。

（そりゃあ貴族さまはあたしら下々のものとは違《ちが》うかもしれないけれど、それでもずいぶんと花園でお暮らしになったのに、寂《さび》しかったり怖かったりすることはないんだろうか…）

明日にはオクタヴィアンの花送りが行われる。ここの道は白い花でいっぱいに染まり、花を山とのせた帽子《ぼうし》をかぶった女官たちが花びらをふりそそぐ中を、オクタヴィアンは華《はな》やかに去っていくのだろう。

でも、ただのお針子のターシャに見送りはない。今日のようなパーティの日はなおさらだ。

あの音楽だけが、わたしの見送りだ。

彼女は音楽の聞こえてくるほうを振り仰《あお》いだ。

(ああ、わたしの知っている綺麗《きれい》なものが、すべてここにあったわ…)

つややかな金の針、銀の刺繍糸《ししゅういと》、真珠《しんじゅ》のボタン、白い絹の靴《くつ》。三段重ねのレースのペチコート。

「懐《なつ》かしいな」

あらゆる美しいものであふれていた、ここここそがわたしの人生の花園だった。

(出たくない…)

目の前に鉄の門が見える。けれどターシャはいつまでもそこを去りがたい思いにかられて、門のところまでたどりつけないでいた。

(いつまでもここで、綺麗なものだけを見つめてコタルディを縫《ぬ》っていたかった。外の世界にはなんの楽しみもない。外であたしを知っている人なんていやしないんだもの…)

涙《なみだ》のたまった胸の袋《ふくろ》がしめつけられるようだった。ターシャの目尻《めじり》におしあげられたしょっぱい水が、彼女の皺《しわ》の多い頬《ほお》にながれおちた。

と、そのとき。

「ターシャ＝スカラッティ？」

ふいに自分を呼ぶ声に、ターシャは慌《あわ》てて顔をあげた。

いつからそこにいたのか、緑色の羽根帽子をかぶった男性がターシャの側《そば》に立っていた。

「今日でつとめを終える、衣装寮のスカラッティか？」

「は、はい。そうでございます」

ターシャはその場に両膝《りょうひざ》をついて、胸に手をあてた。緑のマントに羽根帽子をつけているのは伝声官だ。彼らは高貴な方々の手紙や言いつけを伝えるのが仕事なのである。

「おそれおおくも国王陛下よりご沙汰《さた》があった。謹《つつし》んで承《うけたまわ》るように」

「謹んでお承りいたします」

「ターシャ＝スカラッティに、長年の王家への貢献《こうけん》と卓越《たくえつ》した技術を賞して、ここに家紋《かもん》を与《あた》える」

「家紋を……」

ターシャは綺麗な巻紙に包まれ、繻子《しゅす》のリボンをまいた書状を受け取った。ターシャは奇妙《きみょう》に思って顔をあげた。伝声官の手が思ったより華奢《きゃしゃ》なことがひっかかったのだ。

彼女は無礼と承知で、あっと声をあげた。

「こ、こ、国王陛下！」

ターシャの叫びに、その者はいたずらっぽそうに片目を瞑《つぶ》ってみせた。

（国王陛下が、国王陛下が、ど、ど、どうしてこんなところに…）

驚《おどろ》いたことに、その伝声官だと思った青年はパルメニアの国王アイオリアI世だった。帽子のつばがつくった影《かげ》でそうとはわからなかったのだ。

驚愕《きょうがく》のあまり筒《つつ》を落としそうになるターシャに、アイオリアは言った。

「いままでどうもご苦労様、そしておめでとう、ターシャ」

おめでとう、ターシャ。

その意外な言葉に、ターシャは小さく震《ふる》えずにはいられなかった。

自分でも予期せぬ言葉が唇《くちびる》から飛び出た。

「お、おめでたくなんか、ないです」

自分の言っていることがどれほど無礼なことか――いいや、お針子ごときが国王陛下に話しかけるなんて、それ自体が無礼に決まっている。それをわかっていて、ターシャは口を開いた。

「わ、わたしはもう綺麗じゃありません。若くもありません。主人はもう三十年も昔になくなりました。子供もいません。ここを出て行ったってだれも待っていてくれる人はいない。怖いんです。ここを出て行ったら、もうすぐそこに終わりがまっているような気がする。本当はずっとここにいたかったんです。ずっとここに…、死ぬまで」

抑《おさ》えつけていた感情が、蓋《ふた》をなくして一気にほとばしり出たようだった。ターシャはまだ指ぬきのあとの残る指で顔をおおった。

「どうしてこのままでいられないんだろうって何度も思いました。わたし…、まだまだお針子仕事だってできます。三十年、そればっかりやってきたんです。再び夫ももたなかったし、女らしいことはなにひとつしなかった。贅沢《ぜいたく》も望まなかった。日々が同じような繰《く》り返しばかりだったけど、わ、わたしにはそれで十分幸せだったのに…」

とうとう声をあげてターシャは泣いた。声に出してしまうと、いままで我慢《がまん》していた寂しさをこらえきれなくなった。わたしは居場所を無くしてしまうんだ。自分がもっているなけなしの幸福まで失ってしまうのかと思うと、自分の手が急に骨だけになってしまったような気がした。

ターシャのしゃくり声が小さくなるのを待って、アイオリアがぽつりと言った。

「同じことを、わたしもオクタヴィアンに言ったよ」

「えっ」

アイオリアの手が近づいてきてターシャの目尻をぬぐった。こんなことは信じられないと思いながら、彼女はされるがままになっていた。

「このままで十分幸せなのにどうして自分から出て行ってしまうんだって、そう言って彼女を引き留《とど》めようとしたんだ。ここにいれば、わたしが守ってあげられる。わたしはわたしの知っているやり方で彼女たちに幸福を与えることができる、そう思っていた。わたしはね、ターシャ、愛したものを手放さないために守ろうと思っていた。でもやり方を間違《まちが》えたんだ」

彼女の濡《ぬ》れたままの頬の上を、アイオリアの指がやさしくなで上げる。

「なぜなら塀《へい》をたてることは、決してなにかを守ることにはならないからだ」

愛《いと》しい人に微笑《ほほえ》みかけるように、アイオリアは優《やさ》しくターシャを見つめた。

「だからこそ、彼女たちは花園を去っていく。

どんなにここで至福の時間をすごそうと、いずれ花の季節は終わる。花が自分が枯《か》れる時期を知っているように、彼女たちは自分の意志で相手を選んでここから出て行く。わたしは彼女たちに出て行けとは一度も言ったことはなかった。みんな、自分から塀を越《こ》えて行ったんだ。

それが彼女たちの強さだ。そう、彼女たちはとっくに強かったんだよ。わたしだけが知らなかった」

ターシャは鼻をすすりながらぎこちなく頷《うなず》いた。そうすると、アイオリアはいっそう嬉《うれ》しそうに笑った。

「わたしはね、ターシャ。お花さんたちの美しい顔や、小鳥のような歌声や、レースを紡《つむ》ぎ出す器用な指先をとても愛していた。

でもいちばん素敵《すてき》だと思ったのは、彼女たちが花園を出て行く背中だ。

ただの一度も振《ふ》り返らずに、彼女たちは花園《はなぞの》を去る。その誇《ほこ》らかな後ろ姿に、わたしはいつも言いようのない寂しさとはべつの、力強さを感じずにはいられなかったんだ。ねえ、だれかがなにかをすることによって、もっと別のことを教えられるというのはすばらしいと思わないかい。わたしは最近ようやく、そのことに気が付いたよ。

遅《おそ》い、寝覚《ねざ》めのようにね」

腕《うで》を引かれて体がかくんと前のめりになる。あっと思ったときには、ターシャはアイオリアの腕の中に収まっていた。

ターシャの頬が、ほお紅を付けすぎたように真っ赤に染まった。

「覚えていて。貴女《あなた》はこれからも何度でも満たされて、みずみずしく伸《の》びやかにいることができるし、願ったことはすべて叶《かな》えられるだろう。夢は道のようにあなたの先の先まで延びていてはてしなく、決してとぎれることはないだろう」

抱擁《ほうよう》はひだまりのようにあたたかだった。

「さようなら」

ターシャも返した。

「――さようなら、国王陛下」

自分でも驚くほど、その言葉はすっと喉《のど》から出てきた。

アイオリアはそのまま、ターシャの歩いてきた王宮の方へ立ち去った。ターシャは振り返らなかった。脇《わき》に置いたままだった手荷物をもって、足取りもたしかに外門へと歩いていった。

「今なら出て行ける」

あのお方の言われたとおり、わたしの道はいつもまっすぐではなく、まがりくねったり大きく迂回《うかい》していたりすることがあるかもしれないけれど、とぎれてはいない。これからもとぎれてはいない。ゆるやかな下り道の中にも小さな起伏《きふく》はあって、どこかへ続いている…

衛士の守る門を出ると、まだ夜は完全に訪《おとず》れていなかった。ターシャは急に背伸びがしたくなって、空に向かって両手を突《つ》き出した。

「遅いじゃないかい」

彼女は驚いて目を見張った。

街の通りへと続くゆるやかな坂の下に、ターシャの元同僚《どうりょう》のリイザが立っていた。

「リイザ…」

「どうして…」

「手紙をくれたろ。今日出てくるって。だから連絡付《れんらく》けられるやつらだけ声かけてきたんだ。どうせ、あんたもあたしらと同じように外に知り合いがいないから、寂《さび》しがるだろうって」

「そうそう、所詮《しょせん》あたしらはフッーの女の幸せなんておよびでないからね」

同じ衣装寮《いしょうりょう》でターシャの前に監督《かんとく》をやっていたカチュアが、彼女に向かってなにかの花びらをなげた。

「きゃっ、なんなの」

「あははははは、これっぽっちじゃお部屋さま方のときのようにはいかないか。でも、おめでとう」

(おめでとう――)

ターシャは口の中で同じことをつぶやいた。

(そうだ、あの方もわたしに向かって同じことを言ったわ…)

彼女は寒い日に暖炉《だんろ》のある部屋に入ったような暖かな気分になった。

でもいったいどんな気まぐれで、国王陛下はわたしなんかを見送りにいらっしゃったんだろう。ただでさえ千人もの女が暮らす後宮の、こんなに年老いたお針子のことなど陛下がご存じのはずがないのに……

「あ」

そのときになってようやく、ターシャはアイオリアがなにをしに会いに来たのかを思いだした。

「そうだ。たしかこれ、家紋《かもん》って……」

「なんだいそれは」

リボンを解《ほど》いて中を押し広げたターシャは、そこに透《す》かしてある金の国章に仰天《ぎょうてん》した。

「うそっ」

「こ、こ、これ……」

それは一枚の薄《うす》い羊皮紙に金箔《きんぱく》をはり、もう一枚を貼《は》り合わせてつくる高価な紙で、公式な文書の発布の際にしか使われることのないものだった。

「国王陛下直筆の竜文《りゅうもん》じゃないかい！　あんたこれどこで……」

「陛下が、わたしに家紋をくださるとおっしゃったの。いままでの功労賞だって」

ターシャは短い文章の下に、鮮《あざ》やかに彩色《さいしき》された小さな紋章を見つめた。

「竜だわ……」

その紋は、パルメニア王国の王紋にとてもよく似ていた。パルメニアの現在の王紋は、アイオリア自身を表す炎《ほのお》を吐《は》き付ける竜が描《えが》かれているものだ。

ただひとつだけ違《ちが》っていたのは、ターシャの紋には竜が炎を吐いているのではなく真っ赤なリンゴを齧《かじ》っていたのである。

『赤い竜は、リンゴが好物なんですよ――』

「いやだ、陛下ったら覚えてらしたんだわ」

目尻《めじり》にこみ上げてくるものを指でこすりながら、それでもターシャは泣き笑いをやめることができなかった。

『貴女はこれからも何度でも満たされて、みずみずしく伸びやかにいることができるし、願ったことはすべて叶えられるだろう。夢は道のようにあなたの先の先まで伸びていてはてしなく、決してとぎれることはないだろう』

ターシャは、紋章が描かれた紙を胸一杯《むねいっぱい》に抱《だ》きしめた。

――夢は、まだ続いている。

「ほうらもうじき日がくれる。急がないとまっ暗だよターシャ」

リイザがターシャの荷物を持ち上げながら言った。

「ねえリイザ、どこへ行くつもり?」

「あんたの逃《に》げ場になったらいけないと思って言ってなかったけど、あたしらは今、小さいながら洋裁店をやってるんだ。王宮じこみの腕はにぶっちゃいない。いままで流行の最先端《さいせんたん》はあたしらがつくってきたんだからね。ちょっとババアになったからってこのまま引退してたまるもんか。そうだろう」

思ってもみなかったリイザの言葉に、ターシャは息を詰《つ》めるほど驚《おどろ》いた。

「洋裁店…。ほんとうに？」

「みんなであんたが出てくるのを待ってたんだよ。あんたの仕事は丁寧《ていねい》でほんとによかった。これからもどしどし働いてもらうからね、ターシャ！」

ターシャは、雲ひとつない空のように晴れ晴れと笑った。

「うん！」

——神聖パルメニア王国の王都ローランドには、スカラッティという老舗《しにせ》の洋裁店がある。

かつて大陸中の毛織物が集まったといわれるチャコール街の本店は、遠征《えんせい》王アイオリアの時代王宮でお針子をつとめたという初代店主が、王宮を引退してから仲間たちと開いたものだ。

上品なデザインと細かい刺繡《ししゅう》で評判を呼んだこのお針子の店は、またたくまに貴族のご婦人方の御用達《ごようたし》になり、ラトレイユのレース職人にも引けをとらないと評判を呼んだ。

刺繡女工たちのギルドが確立し、王宮で使われるほとんどのものが外注される時代になると、このスカラッティは王室の御用達として多くの名品を作り続けることになった。

いまでも店の表には創業当時から赤いリンゴを齧っている竜の紋章がかかげられていて、人々に店の品物の質の高さを窺《うかが》わせている。

この店の紋章は、スカラッティ本人の腕を認めたアイオリア王が彼女に授《さず》けたものだと言われているが、

『竜はどこに住んでいるの?』
『わたしやオリエ様が、いつかいく場所ですよ』

——その本当のいきさつを知るものはいない。

最終幕　遠征王と秘密の花園

オクタヴィアンは去っていった。

ちょうどそのころ全盛《ぜんせい》をむかえていた白いハッカの花を女官たちが振《ふ》り撒《ま》く中を、いままでの愛妾《あいしょう》たちがみなそうだったように、そしていままでのだれよりも凜《りん》として花園を出て行った。

アルバドラ三姉妹《きんしまい》が徹夜《てつや》でつくったという「花園日報号外」を、ブリジットが彼女が好きだったケーキを、そしてフロレルとアデライードがみんなで作った花帽子をオクタヴィアンに手渡《わた》した。直前までは「これでわたくしが名実共に陛下の一番ですわね」と生意気を言っていたクラウディアだったが、自分が花を撒《ま》くときになると大泣きしてすごい顔になっていたのがのちのちまで女官たちの口の端《は》にのぼることになった。

花盗人《はなぬすびと》のいない花送りは例になく質素なものだった。中にはこれを残念がる者もいたが、大門の外で待っていた子供たちにオクタヴィアンが向けた微笑《ほほえ》みを見て、だれもが納得《なっとく》した気分になったようだった。

ともあれ国王の影武者《かげむしゃ》をつとめ、ある意味アイオリアの片腕《かたうで》の一人だったオクタヴィアン＝グリンディ侯爵《こうしゃく》夫人はこうして市井《しせい》に戻《もど》っていった。

弟のロレンツォに爵位を譲《ゆず》った彼女は、のちにアイオリアよりピカルディの都市を賜《たまわ》りオクタヴィアン＝ピカルディ侯爵夫人と称《しょう》することになる。

――最後まで、彼女が花園を振り返ることはなかった。

＊

「黒を忌《い》み嫌《きら》う人々の感覚は、いったいいままでにどのような土壌《どじょう》で肥え太ってきたのだろうな」

グランヴィーア大公ゲルトルードは、その鋭利《えいり》な刃物《はもの》にも勝《まさ》るといわれている両眼を彼女の夫へと向けた。

薄暗い部屋だった。壁《かべ》には窓がなく、四方が重たげな漆喰《しっくい》でぬりかためられている。あまり人の出入りがないからか空気は埃《ほこり》っぽく乾燥《かんそう》していて動いた様子はない。そのざらつき感がアーシュレイにどこか古い時代を感じさせた。

ゲルトルードとアーシュレイは、立ち並んで一枚の絵を見上げていた。

描《か》かれているのは親子の図だった。右側に母親が子供を抱いてたち、その左側に父親らしき男性の姿がある。

中でも見事なのは、母親の女性の黒い鉄にも似たまっすぐでつややかな黒髪《くろかみ》だった。

「これが現存している始祖オリガロッドI世の、唯一《ゆいいつ》の彩色絵だ」

アーシュレイは、あまり興味をそそられないような顔で応じた。

「女性ですね」

「そうだ、これを見る限りは女性に見えるな。実際エヴァリオットによると、二代目国王ミルドレッドI世を産んだのは彼女であるそうだからそうなのだろうな」

ふうむ、とアーシュレイは細い顎《あご》をつまんだ。

「常説では、あのアリスアエラ＝デスパの産んだ子であるとか、オリガロッドが精霊《せいれい》界から連れてきた子だと言われていますが」

「まさか」

彼女は短く言い捨てた。

「これは、始めはもろい塗料《とりょう》で描かれていたのを、後世の画家がユトピン画で模写したものらしい。ある意味王家の真実であり、今となっては公表できない秘事でもあるのだ」

「つまり、大パルメニアの始祖であるオリガロッドが、実は銀髪《ぎんぱつ》でもなんでもない、ただの黒髪だったということは決して知られてはならないことだと」

大変なことを口にしているわりに、アーシュレイの物言いはあくまでおだやかだった。ゲルトルードは頷《うなず》いた。

「たしかにオリガロッドには不思議なところがあったのだろう。穏《おだ》やかで人に嫌われない、相手の思っていることを全《すべ》てわかっているような、そんな人物だったという記述が多々のこっている。動物と話すことができたオリガロッドが、真っ赤な牡鹿《おじか》に乗って鹿の群れを率いてタルヘミタを討《う》った話は有名だし、嵐《あらし》を予知して兵を撤退《てったい》させ、退《ひ》かなかった三万のタルヘミタ兵が海に沈《しず》んだというような例もある。それゆえに、どこかで故意に神格化されてしまったのではないかと私は考えているのだ」

と言って、ゲルトルードはもう一度絵を見上げた。

その目元には笑《え》みがあふれ、彼女が抱いている赤ん坊《ぼう》と相まって、まるで宗教画のような雰《ふん》囲気《いき》がある。とても英雄詩《えいゆうし》に「その足は大地をかけるため、その腕《うで》は自由の旗をかかげるため、その声は万人《ばんにん》の勇気をふるいたたす伝説の王」と謳《うた》われるような雄々《おお》しい人物には見えなかった。

「パルメニアにはいまだにオリガロッドは精霊だったという伝承が根強い。バルビザンデなどという強力な守護者がついているのだからなおさらだ。たまたま何代か銀髪が続いたことで、それが精霊の血を強く受け継《つ》いでいるという見方が広まったのだろうな。

わたくしはなにも、この王家の神格化を無意味なものだと思ってるわけではないのだ。混乱の世こそ人は神のような絶対的なものを必要とする。エオン民族以外のものをかかえこむこの地で一国をまとめあげようとするのに、王となる者が神になるのもあながちまちがっているとはいえないだろう。だが、それは初めだけの話だ。今の王家には本来の意味が失われ、ただ銀髪と青い目ならば王に相応《ふさわ》しいという凝《こ》り固まった考えかたしか残っていない。だからあのコルネリアス＝ゴッドフロアのような輩《やから》が現れる」

ゲルトルードはビロウド布のまとめをといて、絵を隠《かく》した。

「オリエに言ってやりたい。その黒髪を誇《ほこ》りに思えと。だが彼女はここへは来られないだろう」

「なぜ？」

「実際あやつは見つけることができなかったのだ。ここの扉《とびら》は、かの青の宰相《さいしょう》エリシオンがオリガロッドの死後は塗《ぬ》り込めてしまったといわれているからな。それがときおり、なんの気まぐれかこうして人を受け入れる。扉が人を選んでいるのだ。アーシュレイ、そなたなら入れると思ったがそのとおりだったな」

「ご満足いただけてなによりです」

二人は低い扉をくぐって廊下《ろうか》に出た。頬《ほお》に触《ふ》れるだけで、外の空気がいきいきと力に満ちているのがわかる。

「気がすすむと、いつもここに来てあの絵を見る。あそこの墓場のような空気が居心地《いごこち》がよくてな。そんなわたくしはやはりどこかおかしいのだろう」

「ほかにも理由があるとは思いますが」

「なに…？」

アーシュレイは少し後を歩きながら、さりげなくそれを口にした。

「——オリガロッド陛下は、どことなくアイオリア様に似ていらっしゃるようで」

「そうだな、黒い髪だからな」

彼は決定的な一言を付け加えた。

「あのお隣《となり》に描かれていた殿方《とのがた》も、大公殿下《でんか》に似ていらっしゃったとお見受け致《いた》します」

「…………」

とたんにゲルトルードの口が縫《ぬ》いつけられたように引き締《し》まる。

「ふふふふ、あの絵をみていると、まるで殿下とあのお方がご夫婦《ふうふ》として並ばれているようですね」

「うるさいぞアーシュレイ。もう帰れ」

自分から呼びつけたのにもかまわずゲルトルードはそう冷たく言い放って、アーシュレイを追い払《はら》った。

彼女は早足で二階の自室に戻り、部屋付き女官に湯と茶を用意させるように言いつけた。それから、いつもの猫《ねこ》が背伸《せの》びをしている形をしたレカミエに腰《こし》をおろす。

(よい椅子《いす》だ、これをオクタヴィアンにとられなくてよかった。わたくしはここでないと落ち着かないからな…)

やわらかな湯気とともに、部屋の中に手を洗うための湯と花茶の一式が運び込まれてきた。

ブリジットほどの腕はないが、よく部屋付きになる女官がそこそこの手さばきでお茶の用意をしている。

ゲルトルードはオクタヴィアンから賭《か》けでせしめた〝あるモノ〟を満足げに眺《なが》めやった。

それは、オクタヴィアンがアイオリアの影武者を務めているときに着用していた、アイオリアと同じデザインのサーコウトの数々だった。

(オリエの着たものではないが、オリエとおそろいではあるからな。オリエが着ているのを眺め、またこうして部屋にも飾《かざ》っておける。一石二鳥だ)

グランヴィーア大公殿下は大変ご満悦《まんえつ》な様子で、去った季節の香《かお》りが立ちこめるお茶をすすりだした。

しばらくして、ポットの口から湯気の妖精《ようせい》が出て行ってしまったころ、バルコニーの下の茂《しげ》みがざわざわしだすのが聞こえてきた。

ゲルトルードはすばやくオクタヴィアンからゆずってもらったサーコウトを持っていかせ、自分はなにごともなかったかのようにゆったりとレカミエに寝《ね》そべっていた。

バルコニーに、とんと人が降り立った音がする。

「何度言ったらわかる。オリエ、バルコニーから入ってくるなと言ったろう」

ゲルトルードにそう言われたアイオリアは、頭を枯葉《かれは》だらけにしたまま彼女にだきついた。

「えへへへー、やっぱりそう言われると思ったんだー」

「暑苦しい。懐《なつ》くな」

「いいじゃないか。いとこどのの膝枕《ひざまくら》はひさしぶりなんだから」

まだゲルトルードがなにも言っていないうちから、彼女の膝を枕にしてレカミエに寝そべってしまう。

ふいにゲルトルードが言った。

「オリエ、おまえどこへ行っていた?」

「うん？」

アイオリアは目を瞑《つぶ》ったまま、髪を撫《な》でられると気持ちよさそうに身をよじった。

「どこかな…。隙間《すきま》、かな…」

「隙間？」

「うん。ねえいとこどの、人間は目の前にあって見えていても、見てはいないものがたくさんあるんだね」

ゲルトルードは銀のカップをテーブルに置いて、アイオリアを見下ろした。

「昔冬宮でいとこどのとかくれんぼうをしたときのことを思い出したよ。あんなにがんばって捜したのに、一度もあなたを見つけることはできなかったんだ。それがね、あなたのことを全然わかっていないっていわれたようで悔《くや》しくてさ」

彼女はくくくっと喉《のど》を震《ふる》わせて笑った。

「ねえ、どうしてあのころは、あんなにも時がゆっくりと流れたんだろう…」

ゲルトルードはアイオリアの髪の中から指を引き抜《ぬ》いて、別人のようなやさしい声で言った。

「誰にでも秘密があるように、だれにでもとっておきの隠れ家があるものだ」

「そんなあ、ずるい。わたしにはいとこどのに隠し事なんてないのに」

「そうか。そんなことはないと思うがな。いつも調子よく女官たちにちょっかいを出して、ほかの人にはナイショだよとささやいたりしているだろう」

揶揄《やゆ》めいた言葉を投げかけられて、アイオリアはうっと狼狽《うろた》えた。

「それとこれとは違《ちが》うよ。あなたはべつだ。ゲルトルード、あなたは特別なんだ」

「当然だ」

ゲルトルードは憮然《ぶぜん》とした。しかしその顔も、たちまちの内に崩《くず》れてとろけるようになる。

「隙間か。たしかに私の心にもあるな。心が軋《きし》んでできた割れ目のような、もっと甘美《かんび》な寝台《しんだい》のような…。そこへ隠れてしまいたいと思ったり、招き入れて横たわらせたいと思ったりいろいろだ」

「寝台ねえ…、いとこどのにしてはきわどいことをいうね」

アイオリアは少し目を丸くした。

ゲルトルードは彼女の目の上にそっと手のひらをのせた。

「それで、いとこどのでも招きたい人がいるんだ、ふーん」

「けれどたいていは招いてもいないのに押し込み強盗《ごうとう》のようにやってきて、堂々と居着いてしまうらしい」

「うん?」

ゲルトルードはこっそり笑った。

愛よりも確かで、愛よりも快く、愛よりも美しく、愛よりも幸福なことはいくらでもあるのに、人はなぜか愛さずにはいられない。

バルコニーから押し入ってくるような、無礼な客でさえ――

「それはだれ?」

「それは……」

まだ不満をあげようとするアイオリアの口を、ゲルトルードはふさいだ。

それは——

──うたたねをしていたゲルトルードは、ふと視界にちいさな丸いものが映っているのに気が付いた。

そのちいさいものはしばらくもごもご動いていたが、急に手と足が生えたかと思うと、レカミエに寝そべっているゲルトルードの側《そば》へ駆《か》け寄ってきた。

「おばあさま」

言いながらレカミエによじ登って、彼女の膝の上にすりよってくる。

「あのね、ソフィーはね。むかしこのおしろにはなぞのがあったこと、しってるよ」

ソフィーという名の子供は、身振《みぶ》り手振りをくわえながら一生懸命《いっしょうけんめい》にしゃべった。

「花園…？」

「扉《とびら》をあけたら、みたこともないおとなのひとがいたよ。ソフィーとおんなじ黒い髪でね。とってもきれいなの。グリンディのおばあさまにちょっとにてる…」

なにがおかしいのか、手を口元にあててくすくす笑った。

「はなぞのはね、その人がつくったんだって。たくさん、たくさんおはなししたよ。きれいなものであふれたところだって。でも、盗《ぬす》まれてしまうんだって」

「その人がそう言ったのか？」

「そうなの。それから、いとこどのをとてもあいしてるって言ってた…」

ゲルトルードは、まだ夢見心地《ゆめみごこち》でいるような顔で微笑《ほほえ》んだ。やさしく、彼女のたったひとりの孫の頭をなでてやる。

「そうか…、そう言ったのか」

「ねえ、あの人はだれなの、おばあさま」

大きな猫のように甘えてくる孫を胸に抱《だ》きしめて、ゲルトルードはそっと口元に指をたてた。

「それは秘密だ」

誰《だれ》も踏《ふ》み込んではいけない
誰にも踏み込まれたくない
それは、わたしの中の秘密の花園…

『いとこどのはきれいね』

いつか、わたしの心を奪《うば》ったあなた。

——ただ、あなたにだけは
鍵《かぎ》をもっていてほしい…

パルメニア王家家系図

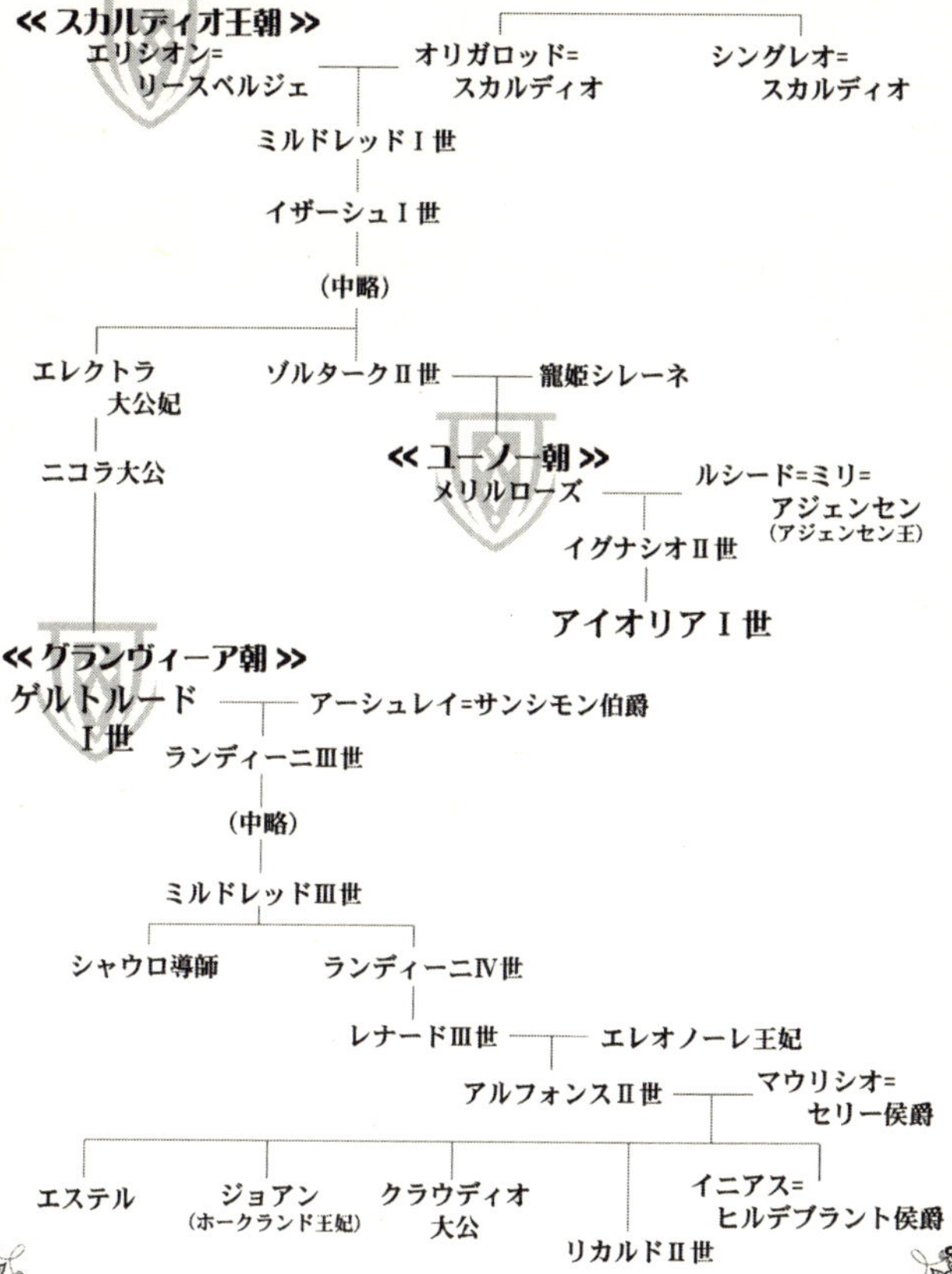

≪スカルディオ王朝≫
エリシオン=リースベルジェ
オリガロッド=スカルディオ
シングレオ=スカルディオ
ミルドレッドⅠ世
イザーシュⅠ世
(中略)
エレクトラ大公妃
ゾルタークⅡ世
寵姫シレーネ
ニコラ大公
≪ユーノー朝≫
メリルローズ
ルシード=ミリ=アジェンセン
(アジェンセン王)
イグナシオⅡ世
アイオリアⅠ世
≪グランヴィーア朝≫
ゲルトルードⅠ世
アーシュレイ=サンシモン伯爵
ランディーニⅢ世
(中略)
ミルドレッドⅢ世
シャウロ導師
ランディーニⅣ世
レナードⅢ世
エレオノーレ王妃
アルフォンスⅡ世
マウリシオ=セリー侯爵
エステル
ジョアン
(ホークランド王妃)
クラウディオ大公
リカルドⅡ世
イニアス=ヒルデブラント侯爵

あとがき

あとがきですってよ奥さん。

今年はどーも台風にふりまわされっぱなしでしたが、みなさまいかがお過ごしでしょうか。ん？　いつもの始まり方と違《ちが》いますね。

それもそのはず、なんと今回は先年完結いたしました遠征王シリーズのまさかまさかの番外編でございます。

とはいえ、この話は本編のストーリーとは直接からんでこないお気楽極楽《ごくらく》女の子大量コメディです。本編を読んだことのないお客様にもたいへんやさしい仕様になっております。男？そんなものは当然——自主規制——です。なんたってタイトルからして「秘密の花園」ですからね。小粋《こいき》な子猫《こねこ》ちゃんからママン系、お嬢《じょう》様系、妖艶《ようえん》なおねーさまなどなど、どこのギャルゲーにも負けない（ここ強調）ありとあらゆるタイプの女の子を取りそろえました。どうですか奥さん！　いやさお嬢さん！

このように、私は作者として遠征王シリーズを読んだことのある人も、はじめて手にとっていただいた方にも楽しんでいただけるよういろいろと工夫《くふう》を凝《こ》らしているわけです。


嘘《うそ》です。

ごめんなさい嘘つきました。

単なる私の趣味《しゅみ》です（キッパリ）。

少女小説なら一度くらい表紙にわんさか女の子がいてもいいじゃないかーという、私の勝手な願望です。

しかしただの妄想《もうそう》も願えば叶《かな》うこともある。こうして私の野望…もとい願望は、いろいろな方々のおかげをもちまして満願成就《じょうじゅ》いたしました。総勢女の子七人の表紙です。ビーンズ文庫史上、当分破られない記録であることは確実です。えっ真ん中に微妙《びみょう》なのもまじってる？　NON、気にしちゃダメ！

思いがけずこうして番外編を書くことになったわけですが、私自身はたいへん楽しく書くことができました。前シリーズを愛してくださった方々や、これから「遠征王ってどんなもんかいな」と手にとっていただいた方に少しでも気に入っていただけたらと願ってやみません。よかったら感想などを聞かせてやってくださいませ。


そして、ここでどばんとサプライズなお知らせです。

今回は番外編らしくどっかの方向からゲストキャラが湧《わ》いて出ましたが（そんなあなた梅雨時期のボウフラのように…）、みなさま誰《だれ》が誰だかおわかりになられましたでしょうか。みんな一発で当たったあなた、あなたはエライ。神に認定します。ボウフラゲストキャラのくわしいストーリーについては、遠征王と名の付く以外の著作にてちょこちょこ発表しておりますので、どうぞそちらのほうもよろしくしてやってくださいまし（様式美）。

しかし、もともと遠征王は読者のみなさまのおかげでここまでこれたシリーズです。せっかくだからなんかこの喜びをなんとか形にしてお返ししたい。

というわけで、ここはわたくしが漢らしく腹をくくって、みなさまに番外編裏バージョンを無料小冊子としてプレゼントしたいと思います！（本気か）（本気なのか高殿）（おう本気だとも）（漢《おとこ》だからな）

無料とはいえ、さすがに家計をあずかる身で無茶をすると離婚《りこん》されてしまうので（………）送料諸経費だけはいただきたい…の…ですが…。どないなもんでしょうか。

しかたがねえ、そんなもんもらってやらあ！　という方は、八十円切手三枚と宛名《あてな》シール、それにこれがもらいたくってこんな企画《きかく》をした以外のなんでもない「熱く燃えたぎる感想」のお手紙などを同封《どうふう》の上、担当アロエリーナG藤の仕様に従ってビーンズ編集部まで郵送ください。締《し》め切《き》りは二〇〇四年十二月末日消印有効です。とはいえ年末は混み合いますので、どうか余裕《よゆう》を持ってお出しください。

つきましては、担当がなにかもの申したいことがあるようなので、←へどうぞ。

ごきげんよう。アロエリーナ（しかしなんでこんな名前に？）です。「感想って言われても何書いたらいいのか…」という方々は、よろしければ左記のアンケートにおこたえください。

（1）「遠征王と秘密の花園」はいかがでしたか？　気に入ったシーン、気に入った登場人物がありましたら教えてください。

（2）「遠征王シリーズ」はご存じですか？　知ってるよ、という方は、どのキャラクターが好きですか？　またその理由は？　知らないよ、という方は、これから本編を読んでみたいと思いましたか？（遠征王のシリーズ既刊《きかん》は、カバー折り返しをご覧ください）

（3）今回の小説に出てきたキャラクターで、興味のある（もっと別の話を読みたい）人物はいましたか？

（4）高殿円先生に、メッセージをお願いします。

※著者の勢いに気圧《けお》された皆様、ご安心ください。熱く燃えたぎってなくてもＯＫです。

※封筒のオモテに「小冊子希望」と記入して、おくづけの「おたよりのあて先」までお送りください。

…ということらしいです。

今回のことで、なんというか夢は叶うんだな、とか、読者の方の力ってすごいなあと心の底からありがたいと思いました。小冊子企画はほんの気持ちでしかないのですが、これ以上のことがやれるようにがんばりますね。

最後に、イラストを担当してくださっている麻々原絵里依先生。今回もすてきな漫画《まんが》とイラストをありがとうございました。もう一度先生のイラストが見られて感無量です。

では、この次は違《ちが》うお話で、できれば春頃にお会いしましょう。

公式サイト　http://takadono.parfe.jp/　悪趣味な美学

結石完治　高　殿　円　拝

「遠征王と秘密の花園」の感想をお寄せください。
おたよりのあて先
〒102-8078　東京都千代田区富士見2-13-3
角川書店アニメ・コミック事業部ビーンズ文庫編集部気付
「高殿円」先生・「麻々原絵里依」先生
また、編集部へのご意見ご希望は、同じ住所で「ビーンズ文庫編集部」
までお寄せください。

遠征王《えんせいおう》と秘密《ひみつ》の花園《はなぞの》

高殿《たかどの》　円《まどか》

角川ビーンズ文庫　BB2-11　13557

平成16年11月1日　初版発行

発行者――井上伸一郎
発行所――株式会社角川書店
東京都千代田区富士見2-13-3
電話／編集（03）3238-8506
営業（03）3238-8521
〒102-8177　振替00130-9-195208
印刷所――暁印刷　製本所――コオトブックライン
装幀者――micro fish

ISBN4-04-445011-0 C0193　定価はカバーに明記してあります。